Poemas

Nietzsche
Poemas

SELEÇÃO, TRADUÇÃO, PREFÁCIO E NOTAS
Paulo Quintela

70

Poemas

Tradução: Paulo Quintela

Coordenação: António Sousa Ribeiro

Revisão: João Moita

Capa: FBA

Depósito Legal n.º

Biblioteca Nacional de Portugal – Catalogação na Publicação

NIETZSCHE, Friedrich, 1844-1900

Poemas. – (Rosa esquerda)
ISBN 978-972-44-2556-6

CDU 821.112.2-1"18"

Paginação:
MA

Impressão e acabamento:
???????
para
EDIÇÕES 70
Março de 2022

EDIÇÕES 70, uma chancela de Edições Almedina, S.A.
LEAP CENTER – Espaço Amoreiras
Rua D. João V, n.º 24, 1.03 – 1250-091 Lisboa – Portugal
e-mail: editoras@grupoalmedina.net

NOTA PRÉVIA À PRESENTE EDIÇÃO

Para o tradutor compulsivo que foi Paulo Quintela, apenas os grandes desafios valiam a pena. Como repetidamente deixou escrito, traduzia o que exigia ser traduzido, isto é, aqueles textos cuja leitura o solicitava com tal intensidade que despertava o desejo de tradução enquanto extensão quase natural de uma relação poética, particularmente atenta aos discursos capazes de explorar até ao limite, ou mesmo até ao excesso, as potencialidades da língua. Não admira, assim, que o interesse pela poesia de Nietzsche o tenha motivado desde cedo — «poesia» entendida num sentido muito lato, já que, nomeadamente, confluindo, neste particular, com toda uma tradição crítica, lia *Assim Falou Zaratustra* como um grande poema em prosa, a seus olhos, o maior jamais escrito na língua alemã. E não admira também que, não desatendendo, de modo nenhum, ao revolucionário contributo filosófico, Nietzsche tenha sido sempre, para Paulo Quintela, sobretudo o poeta-filósofo, o cultor por excelência da língua, um dos grandes inovadores da expressão poética na língua alemã.

Como se esclarece no prefácio à primeira edição dos poemas, o fundamental das versões nietzschianas de Paulo Quintela foi produzido em 1950, como contributo para uma nunca realizada celebração do cinquentenário da morte do filósofo. Gorada esta oportunidade, seria necessário esperar até 1960 para a publicação em livro, sob os auspícios da livraria Galaica, do Porto. O volume conheceria mais duas edições, igualmente bilingues como, sempre que possível, era a decisão do tradutor, pela editora Centelha, de Coimbra, em 1981 e 1986.

Que o interesse do tradutor na poesia de Nietzsche não se esgotaria com a publicação de 1960, prova-o a tradução integral dos *Fragmentos Póstumos*, seguindo a lição da *Kritische Gesamtausgabe*, da responsabilidade de Giorgio Colli e Mazzimo Montinari, publicada em 1972. O exemplar utilizado pelo tradutor daria entrada na biblioteca do Instituto de Estudos Alemães da Faculdade de Letras de Coimbra em Setembro de 1973, estando as traduções datadas logo de 17 a 23 de Dezembro de 1973. Esta tradução ficaria inédita em vida de Paulo Quintela, tendo ficado por cumprir a promessa exarada no prefácio à segunda edição: «Se houver uma nova edição, acrescentar-se-á um suplemento com mais fragmentos de "Ditirambos Dionisíacos".» Como o levantamento exaustivo do espólio revelaria, esses fragmentos teriam estado, afinal, já disponíveis para a reedição de 1981. Talvez algumas hesitações do tradutor, sinalizadas nos manuscritos, que dão mostras de pelo menos um amplo processo de revisão, se tivessem atravessado no caminho da publicação. Esta viria a ocorrer apenas postumamente, no quarto volume (*Traduções III*) das *Obras Completas* de Paulo Quintela, publicado em 1999 pela Fundação Calouste Gulbenkian. Nesta publicação, omitiram-se os poemas em que, no caso de coincidência com versões já publicadas, a preferência final do tradutor, assinalada no manuscrito, ia, inequivocamente, para a versão anterior.

Nietzsche, enquanto poeta, só muito escassamente tem motivado o interesse dos tradutores portugueses, pelo que, para o leitor de língua portuguesa, a tradução de Paulo Quintela permanece uma essencial porta de entrada no complexo universo poético nietzschiano. Razão mais do que suficiente para justificar a presente reedição.

ANTÓNIO SOUSA RIBEIRO

PREFÁCIO

Du ein Dichter? Du ein Dichter?
Stehts mit deinem Kopf so schlecht?
— «Ja, mein Herr, Sie sind ein Dichter»
Achselzuckt der Vogel Specht.

[*Poeta — tu? Tu — poeta?*
'Stá o teu juízo assim tão mau?
— «Sim, meu Senhor, o Senhor é poeta»
Diz, dando aos ombros, o pica-pau.]

F. Nietzsche, *Dichters Berufung*
(*Lieder des Prinzen Vogelfrei*)

Eis aí um nome — Friedrich Nietzsche — de cuja filosofia, com direito ou sem ele (mas quase sempre sem ele), muitos pretendem prevalecer-se, para bem ou para mal, raras vezes, no entanto, como seria de elementar decência, «para além de bem e mal»... Reduz-se a substância do pensar do mais angustiado, audaz e honesto espírito que se jogou na luta de ideias dos finais do século XIX à concentração indigesta de meia dúzia de fórmulas, em si magistrais e decisivas, mas normalmente arrancadas de puro arbítrio aos respectivos contextos, quando não apreendidas de outiva e engroladas à pressa

— o «Super-Homem» identificado com a «besta loira» ou com o vulgar tirano, a «Vontade de Poder», o «Eterno Retorno», a «Moral de Rebanho», «Deus morreu»… —, e exploram-se tendenciosamente para qualquer dos lados, ora numa adesão fácil, precipitada e perigosa, ora numa rejeição odienta e cega.

E não deixa de estar certo e previsto já por quem escreveu, com o subtítulo *Ein Buch für Alle und Keinen* — *Livro para Todos e para Ninguém* — o maior e mais belo dos seus poemas — *Also Sprach Zarathustra* — «talvez o mais poderoso poema em prosa que a literatura mundial produziu de há séculos a esta parte», «o verdadeiro poema heróico da moderna poesia alemã, filosofia de um poeta extático, sonho de um filósofo inabalavelmente convicto da sua verdade, hino ardente à vida, à mais terrível dor e ao mais alto prazer da existência terrena» (Kurt Martens).

Assim é que todos se sentem no direito de se aproveitarem dele e raros lhe atingem a excelsa grandeza. E qualquer charlatão vociferante e megalómano enfia abusivamente sobre a pele de louco pigmeu as roupagens do super-homem e, ataviado de um demonismo suspeito, arrasta na sua demência um grande povo à inevitável e irreparável catástrofe.

Uma irmã provinciana, possessa de exibicionismo e sedenta de glória a que não tem jus, explora-lhe desvergonhada e ambiciosamente a memória e forja durante decénios, em criminoso trabalho de falsificação, uma lenda e um mito que distorcem, talvez irremediavelmente, a figura do pensador, avocando a si a administração do espólio e mutilando correspondência, alterando títulos de manuscritos, acrescentando, transpondo, ordenando arbitrariamente escritos e fragmentos[1] — pior ainda: ajoujando-o

---

[1] *V.*, sobre o caso das falsificações de Frau Förster-Nietzsche, entre outros, os seguintes estudos: E. F. Podach, *Nietzsches Zusammenbruch, Beiträge zu einer Biographie auf Grund unveröffentlichter Dokumente,* Heidelberga 1930; Josef Hofmiller, *Nietzsche* (*Süddeutsche Monatshefte,* n.º 2, Nov. de 1931, pp. 73–131); o *Apêndice* (*Zeit- und Lebenstafel* e *Philologischer*

postumamente ao carro temporariamente triunfal de um César sinistro e reduzindo-o, por seu procedimento, ao papel aviltante de seu profeta. O próprio Nietzsche anteviu, aliás, o que o destino lhe reservava neste particular, quando de Veneza escrevia, em meados de Junho de 1884, precisamente à «irmã abusiva»: «*Wer weiß, wie viele Generationen erst vorübergehen müssen, um einige Menschen hervorzubringen, die es in seiner ganzen Tiefe nachfühlen, was ich getan habe! Und selbst dann macht mir der Gedanke Schrecken, was für Unberechtigte und gänzlich Ungeeignete sich einmal auf meine Autorität berufen werden. Aber das ist die Qual jedes großen Lehrers der Menschheit: er weiß, dass er, unter Umständen und Unfällen, der Menschheit zum Verhängnis werden* kann, *so gut als zum Segen.*»(2)

Não serão, porém, estas misérias (humanas?... por de mais humanas?...), nem os atropelos à sua doutrina, nem mesmo essa mesma doutrina ou a sua clarificação e valorização histórica — quiçá

Nachbericht) ao 3.º vol. (resp. pp. 1359–1382 e 1383–1432) de *Friedrich Nietzsche, Werke in drei Bänden herausgegeben von Karl Schlechta,* Carl Hanser Verlag, Munique 1956; Karl Schlechta, *Der Fall Nietzsche*, 2.ª ed. ampliada, Carl Hanser Verlag, Munique, 1959; Richard Roos, *Les derniers écrits de Nietzsche et leur publication* (*Revue Philosophique de la France et de l'Étranger*, n.º 2, Abril-Junho 1956, pp. 262–287) e *Elisabeth Foerster--Nietzsche ou la sœur abusive* (*Études Germaniques*, Ano XI, n.º 4, Out.-Dez. 1956, pp. 321–341); Edgar Salin, *Der Fall Nietzsche* (*Merkur*, Estugarda 1957, n.º 112, p. 573–587); Edgar Salin, *Vom deutschen Verhängnis, Gespräch an der Zeitenwende: Burckhardt-Nietzsche*, Rowohlt, Hamburgo, 1959; Rudolf Pannwitz, *Nietzsche-Philologie?...* (*Merkur*, n.º 117, pp. 1073–1087). Este último artigo é confessadamente um ataque ao ponto de vista e aos trabalhos de K. Schlechta, embora reconheça muitos dos malefícios da irmã do filósofo.

(2) «Quem sabe quantas gerações terão de passar ainda até que apareçam alguns homens capazes de sentir o que eu fiz em toda a sua profundidade! E mesmo então me assusta a ideia de quantos sem direito e totalmente impróprios se prevalecerão um dia da minha autoridade. Mas é esse o martírio de todo o grande mestre da humanidade: ele sabe que, sob certas circunstâncias e acidentes, tanto *pode* vir a ser a desgraça da humanidade como a sua felicidade.» — *Nietzsche in seinen Briefen und Berichten der Zeitgenossen*, pág. 345.

a sua fundamentada refutação e rejeição — que hão-de ocupar-nos aqui e agora(3), mas tão-somente a *«solidão azul»* da sua poesia.

Filósofo lírico lhe têm chamado — e o rótulo assenta-lhe bem, contanto que despojemos o adjectivo de qualquer ressaibo de intenção minorativa ou de menoscabo, para o entendermos no sentido de coisa *vivida*, *sofrida* no cerne da personalidade e na raiz, no tronco e nos ramos da vida, coisa subjectiva — *lírica*, enfim, que a palavra é insubstituível na amplitude do seu conteúdo e na especificidade da sua esfera vivencial. Por isso mesmo é Nietzsche uma voz única não só na poesia alemã como também na poesia europeia em geral; por isso também ele está na base de toda a poesia moderna; por isso ainda é ponto de partida, com Kierkegaard, das

(3) Sobre a biografia e vários aspectos da filosofia de Nietzsche, limitamo--nos a remeter o leitor interessado, sem a preocupação de dar sequer todo o essencial, para os estudos fundamentais de Charles Andler (*Nietzsche, sa vie et sa pensée*, 6 vols., Paris 1920–1931), Ernst Bertram (*Nietzsche, Versuch einer Mythologie*, Berlim 1929). Karl Jaspers (*Nietzsche, Einführung in das Verständnis seines Philosophierens*, Berlim 1936; há trad. francesa com uma carta-prefácio de Jean Wahl, Paris, Gallimard, 1950). Deste último, *v.* também: *Nietzsche und das Christentum*, de que há também trad. francesa de Jeanne Hersch — *Nietzsche et le Christianisme* — Paris 1949. Antiquado já: H. Lichtenberger, *La Philosophie de Nietzsche*, Paris 1923. Sobre Nietzsche e o Existencialismo, *v.*, para introdução, em R. Jolivet, *Les Doctrines Existentialistes de Kierkegaard à J.-P. Sartre*, Éditions de Fontenelle, 1948, o 2.º cap. da 1.ª parte, pp. 61–74. (Há trad. portuguesa, da Livraria Tavares Martins, Porto). Leia-se ainda o cap. *Nietzsche Éducateur et Prophète*, pp. 94––117 de *Les Grands Maitres de l'Humanisme Européen*, por Jean-Edouard Spenlé, Paris 1952. Thomas Mann, *Nietzsches Philosophie* (*Neue Studien*, Estocolmo, 1948, pp. 105–159). De Heinrich Mann, a introdução a *Les Pages immortelles de Nietzsche choisies et expliquées par H. M.*, Paris, 1939. Para iniciação à vida e personalidade de Nietzsche, *v.*: *Nietzsche in seinen Briefen und Berichten der Zeitgenossen, die Lebensgeschichte in Dokumenten herausgegeben von Alfred Baeumler*, A. Kröner Verlag, Leipzig, 1932; *Nietzsche devant ses contemporains, textes recueillis et publiés par Geneviève Bianquis*, Éditions du Rocher, Mónaco, 1959. Sobre *Nietzsche e o Nihilismo*, escreveu A. Camus em *L'Homme révolté* (Paris, 1951, pp. 88–105) algumas páginas luminosas.

mais recentes correntes filosóficas de sinal angustiado e tremente; por isso — e não finalmente — a sua psicologia se reflecte nas escolas de Freud e seus continuadores.

A análise impiedosa da crise trágica da cultura europeia nos finais do século, válida em grandíssima medida ainda, e sobretudo hoje, a coragem radical de diagnosticar as suas insolúveis contradições, o heroísmo da descoberta de terra nova para lá das ruínas de um mundo em estertor, a alacridade da aceitação final da vida na sua indissolúvel totalidade de prazer e dor — tudo isto exige por igual o respeito de adeptos e adversários que, quando honestos, não poderão fechar os olhos à funda honradez dos seus processos de exame, nem os ouvidos aos clamores das suas admoestações.

Mas, medularmente, Nietzsche é poeta, e um inexcedível, um supremo artista da palavra. Daí a fascinação da sua leitura, mesmo quando nos provoca — ou precisamente, pelo menos em grande parte, porque provoca — à contradita, e até suscita — porque não dizê-lo? — a repulsa activa e o protesto veemente. Ele mesmo disse que, depois de Lutero e de Goethe, foi ele que levou a língua alemã à perfeição.(4) Thomas Mann, que o devia saber, reconheceu-lhe a craveira de Goethe. Adaptando ao seu caso o que se disse de um grande português seu contemporâneo, também se pode afirmar que, depois dele, ninguém tem o direito de escrever mal a língua alemã. «O meu estilo é uma dança; um jogo de simetrias de toda a sorte e uma superação e um escárnio dessas simetrias. E o jogo

(4) Na carta de 22 de Fevereiro de 1884 a Erwin Rohde: «*Ich bilde mir ein, mit diesem Zarathustra die deutsche Sprache zu ihrer Vollendung gebracht zu haben. Es war, nach* Luther *und* Goethe, *noch ein dritter Schritt zu tun* — ; *sieh zu, alter Herzenskamerad, ob Kraft, Geschmeidigkeit und Wohllaut je schon in unserer Sprache so beieinander gewesen sind.*» — «Imagino que com este Zaratustra levei a língua alemã à sua perfeição. Depois de *Lutero* e *Goethe*, havia ainda um terceiro passo a dar —; vê lá, meu velho camarada do coração, se jamais houve, assim juntas na nossa língua, força, ductilidade e melodia.» — F. Nietzsche, *Briefwechsel mit Erwin Rohde,* Leipzig 1923, p. 413.

vai até à escolha das vogais.»(5) E embora isto leve por vezes a um virtuosismo exagerado que faz o desespero de qualquer tradutor, a verdade é que, como escreve um moderno historiador da literatura alemã, «por ele se aprendeu de novo o que a língua alemã oferece de possibilidades de música hínica, de antítese cintilante, de vibração lírica, de aguda precisão espiritual, de luminosidade ardente e de soberana inteligência» (F. Martini). A agudeza crítica a que não poupava o seu próprio labor levava-o, por vezes, a afirmações que poderão parecer estranhas de megalomania, mas que são verdades objectivas, como quando, por exemplo, escreve, a 21 de Junho de 1888, a Karl Knortz, a respeito do *Zarathustra:*

«Von meinem Zarathustra glaube ich ungefähr, dass es das tiefste Werk ist, das in deutscher Sprache existiert, auch das sprachlich vollkommenste. [...] Ich scheue auch, hinsichtlich der Kunst der Darstellung und der artistischen Ansprüche, keine Vergleichung. Mit der deutschen Sprache verbindet mich eine lange Liebe, eine heimliche Vertrautheit, eine tiefe Ehrfurcht! Grund genug, um fast keine Bücher mehr zu lesen, die in dieser Sprache geschrieben werden.»(6)

Um mês mais tarde, porém, cai no puro delírio da grandeza ao escrever a Malwida von Meysenbug: *«Ich bin der* unabhängigste *Geist Europas und der* einzige *deutsche Schriftsteller — das ist etwas!»*(7) No borrão de uma carta a Taine, de Novembro do mesmo ano: *«...ich bin unglücklich, deutsch zu schreiben, obgleich*

(5) Na mesma carta a E. Rohde, *Id.*, *Ib.*

(6) «Do meu Zaratustra creio, pouco mais ou menos, que é a obra mais profunda que existe em língua alemã, e também a mais perfeita do ponto de vista da linguagem. [...] No que respeita à exposição e às exigências artísticas, também não receio nenhum confronto. Estou ligado à língua alemã por um longo amor, uma secreta familiaridade, um profundo respeito! Razão bastante para quase não ler nenhuns livros que se escrevam nessa língua.» — *Nietzsche in seinen Briefen und Berichten der Zeitgenossen*, Leipzig 1932, pp. 469–470.

(7) «Sou o espírito *mais independente* da Europa e o *único* escritor alemão — é alguma coisa!» — *Id.*, p. 472.

ich vielleicht besser schreibe, als je es ein Deutscher schrieb»(8). A loucura vem já perto. O problema central do Nietzsche-Poeta nas suas relações com o Nietzsche-Filósofo está posto com toda a clareza na carta a Erwin Rohde atrás citada. Importa notar que é resposta a outra do amigo que lhe escrevia: *«...Schelte nur die Dichter nicht, sie haben den großen Vorzug, die herrlichsten und tiefsten Gedanken und Intuitionen vortragen zu dürfen, ohne sich mit einem* Beweise *derselben abquälen zu müssen, den der "Philosoph" sich nachträglich mühsam zusammenschustern muss.»*(9) É, pois, a isto que Nietzsche responde:

«*Übrigens bin ich ein* Dichter *bis zu jeder Grenze dieses Begriffs geblieben, ob ich mich schon tüchtig mit dem Gegentheil aller Dichterei* tyrannisirt *habe.»*(10)

Eis aí está, pois: — Numa hora de confidência ao mais querido camarada de juventude, Nietzsche, o filósofo, o amante da Verdade, reconhece a sua medular natureza de poeta que teve de contrariar, *tiranizando-se.* E em toda a sua obra de pensador se debate ele entre as suas duas naturezas: de um lado o «louco», o «poeta»

> «que tem de mentir,
> que ciente e voluntariamente tem de mentir»;

do outro, o filósofo, o *«pretendente da Verdade».* E isto o leva ao primeiro e magnífico ditirambo dionisíaco (*v.* adiante, pp. 36–43), de cuja leitura saímos repassados da sua última aspiração:

---

(8) «...sinto-me infeliz por escrever em alemão, posto talvez escreva melhor do que qualquer alemão jamais escreveu». — *Id.*, p. 495.

(9) «...Não digas mal dos poetas; eles gozam do privilégio de poderem expor as ideias e intuições mais sublimes e profundas sem terem de se atormentar com a *prova* que o "filósofo" tem depois de atamancar laboriosamente.» — *Briefwechsel mit Erwin Rohde*, p. 410.

(10) «De resto, permaneci *poeta* até todo o limite deste conceito, embora me tenha *tiranizado* grandemente com o contrário de toda a *poetaria.*» — *Id.*, p. 413.

Oh! fosse eu banido
de toda a Verdade!
Só *Louco!* Só *Poeta!...*

E mesmo a suprema tarefa de Zaratustra-Nietzsche, a criação do super-homem, é obra de poeta:

...ihr fragtet euch oft: «wer ist uns Zarathustra? Wie soll er uns heissen?» Und gleich mir selber gabt ihr euch Fragen zur Antwort.

Ist er ein Versprechender? Oder ein Erfüllter?(11) *Ein Erobernder? Oder ein Erbender? Ein Herbst? Oder eine Pflugschar? Ein Arzt? Oder ein Genesener?*

Ist er ein Dichter? Oder ein Wahrhaftiger? Ein Befreier? Oder ein Bändiger? Ein Guter? Oder ein Böser?

Ich wandle unter Menschen als den Bruchstücken der Zukunft: jener Zukunft, die ich schaue.

Und das ist all mein Dichten und Trachten, dass ich in Eins dichte und zusammentrage, was Bruchstück ist und Rätsel und grauser Zufall.

Und wie ertrüge ich es, Mensch zu sein, wenn der Mensch nicht auch Dichter und Rätselrater und der Erlöser des Zufalls wäre!(12)

---

(11) Assim leio na ed. de Schlechta. Noutras, lê-se *Erfüller.*

(12) «...muitas vezes vos perguntastes: "Quem é Zaratustra para nós? Como lhe chamaremos?" E, como eu mesmo, respondestes com perguntas.

Promete ele? Ou é já cumprido? É conquistador — ou herdeiro? Outono — ou relha de arado? Médico — ou convalescente?

É poeta — ou verdadeiro? Libertador — ou domador? É bom — ou mau?

Passo entre os homens como entre fragmentos do futuro: daquele futuro que eu visiono.

E todo o meu sonho e intento é unir e juntar num só todo o que é fragmento e enigma e horrível acaso.

E como suportaria eu ser homem, se o homem não fosse também poeta e decifrador de enigmas e redentor do acaso?» — *Also Sprach Zarathustra*, Segunda Parte: *Von der Erlösung.*

Nem se queira opor a isto a diatribe contra os poetas «que mentem de mais», contida em capítulo anterior da mesma parte do *Zaratustra — Von den Dichtern —*, pois mesmo aí Zaratustra se mete na conta dos que «sabem muito pouco» e por isso «têm de mentir».

Todo o problema do «fingimento» poético, da «*mentira poética*», está enunciado e resolvido paradoxalmente no fragmento 103, que adiante se lê, a pág. 160:

> Der Dichter, der lügen kann
> wissentlich, willentlich,
> der kann allein Wahrheit reden.
>
> [*O poeta que é capaz de mentir*
> *ciente e voluntariamente*
> *é o único que pode falar verdade.*]

É, afinal, em quase perfeita coincidência verbal, o que se lê no primeiro *ditirambo* (págs. 36–37):

> ...só um Poeta!
> um bicho, manhoso, de rapina, rastejante,
> *que tem de mentir,*
> *que ciente e voluntariamente tem de mentir,*
> ávido de presa,
> de disfarces multicores,
> de si mesmo disfarce,
> de si mesmo presa...

Só um grande, um altíssimo poeta, *doublé* de psicólogo de genial poder de auto-análise, poderia escrever, em milénios de poesia europeia, esta página sobre a *inspiração* que constitui o 3.º parágrafo do capítulo sobre o Zaratustra em *Ecce Homo* (ed. Schlechta, II, pp. 1131–1132):

— *Alguém tem, neste final do século* XIX, *ideia exacta daquilo a que os poetas de eras fortes chamaram* inspiração? *Caso contrário, vou eu descrevê-la.* — Com o mais *insignificante resto de superstição dentro de nós, mal poderíamos de facto repudiar a ideia de sermos apenas incarnação, apenas porta-vozes, apenas* médium *de forças superiores. O conceito de revelação, no sentido de que subitamente, com indizível segurança e finura, algo se torna* visível, *audível, algo que nos abala no mais profundo de nós e nos derruba, é que pode descrever simplesmente esta situação. Ouvimos, não procuramos; tomamos, não perguntamos quem é que dá; um pensamento fulge como um relâmpago, com inevitabilidade (*Notwendigkeit*), sem hesitação na forma — nunca tive necessidade de escolher. Um arrebatamento cuja tensão prodigiosa por vezes se resolve numa torrente de lágrimas, durante o qual o passo ora involuntariamente se precipita, ora afrouxa; um total e completo*[13] *alheamento (*Ausser-sich-sein*) com a mais distinta consciência de um sem-número de finos calafrios e arrepios (*Überrieselungen*) até aos dedos dos pés; uma sensação de funda ventura em que o mais doloroso e o mais sombrio não actuam como seus contrários, mas sim como condicionados, como exigidos, como uma cor* necessária *dentro de tal excesso de luz; um instinto de relações rítmicas que abarca vastos espaços de formas — a extensão, a necessidade de um ritmo amplo é quase a medida da força da inspiração, uma espécie de compensação para a sua pressão e tensão... Tudo acontece involuntariamente no mais alto grau, mas como que numa tempestade de sentimento de liberdade, de incondicionalidade, de força, de divindade... O mais estranho é a imposição (*Unfreiwilligkeit*) da imagem, da metáfora; não temos mais noção nenhuma do que seja imagem ou metáfora; tudo se nos oferece como a expressão mais imediata, mais exacta, mais simples. Parece realmente, para lembrar uma expressão de*

([13]) Schlechta imprime aqui «*unvollkommnes*», o que não faz sentido. Deverá ler-se: «*vollkommnes*». — Digamos, em abono da verdade, que a edição de Schlechta, em matéria de revisão, deixa muito a desejar.

Zaratustra, que as próprias coisas se aproximam e se oferecem para metáfora (— «aqui todas as coisas acorrem caridosas à tua fala e te afagam: pois querem cavalgar às tuas costas. Aqui se te abrem às escâncaras todas as palavras do ser e todos os escrínios das palavras; todo o ser aqui se quer fazer palavra, todo o devir quer aprender a falar contigo —»). É esta a minha experiência *da inspiração; não duvido de que se tenha de recuar milénios para encontrar alguém que me possa dizer: «É também a minha» —.*

E com efeito: para confrontar com esta, mas sem a sua universalidade, só me vem à memória a página em que S. T. Coleridge descreve o estado onírico em que se lhe ofereceu o poema de que resta o fragmento estupendo do *Kubla Khan, «in which all the images rose up before me* as things, *with a parallel production of the correspondent expressions,* without *any sensation or consciousness of* effort»([14]).

*

* *

Quem, mesmo só de longe e por acaso, se tenha ocupado dos problemas da moderna ciência da literatura, terá topado com os conceitos nietzscheanos de *apolíneo* e *dionisíaco* e terá visto como

---

([14]) Sobre *O Homem de Porlock*, que veio interromper a gestação admirável do poema de Coleridge, escreveu Fernando Pessoa uma meditação agudíssima, publicada no n.º 2 de *Fradique*, Lisboa, 15 de Fevereiro de 1934. — Manuel Bandeira glosou também a seu modo o episódio do sonho do romântico inglês para, de certa maneira, ilustrar a génese onírica de alguns dos seus poemas (*v. Itinerário de Pasárgada*, pp. 94 e 122–125). — Ainda da poesia moderna, recorde-se, até por certa coincidência nos próprios termos, o que R. M. Rilke escreve do *«namenloser Sturm»*, do *«Orkan im Geist»* («tempestade sem nome», «tufão no espírito» — carta de 11 de Fevereiro de 1922 à princesa de Thurn e Taxis-Hohenlohe), de que se fez acompanhar o assalto final das *Elegias de Duíno*.

eles são fundamentais e já indispensáveis, sob este ou equivalente chamadoiro, não só para a determinação e compreensão das duas linhas de força que regem todo o labor artístico e filosófico dos Gregos, mas também para a arrumação crítica da arte em geral e da poesia em particular. Pode mesmo dizer-se que esta polaridade está na base de toda a especulação crítica moderna.

Mas não apenas nas suas congeminações críticas, tão ricas de consequências — também, e não em menor medida, na sua criação poética, Nietzsche se acolhe à protecção de Diónisos, o «grande Oculto», o «grande Ambíguo e Deus-Tentador». A sua poesia, como a sua filosofia, é *dionisíaca*, e não somente nos seus ditirambos finais.([15]) Por isso mesmo, nós iniciamos, ao arrepio da cronologia, a presente colectânea de poemas com esses ditirambos, e o título que inicialmente para ela elegemos, que só razões de arranjo gráfico nos levaram a abandonar, foi precisamente: *DITIRAMBOS DIONISÍACOS E OUTROS POEMAS.*

O que Diónisos representa na filosofia e na poesia de Nietzsche pode largamente ver-se, por exemplo, no livro de Rosteutscher que acabámos de citar. Por agora, contente-se o leitor com a meditação desta página admirável que é o § 295 de *Jenseits von Gut und Böse:*

([15]) Sobre a *poesia* de Nietzsche especialmente se recomenda a seguinte literatura: — o 6.º cap. da 2.ª parte (págs. 137–192) do livro de J. H. W. Rosteutscher, *Die Wiederkunft des Dionysos* (Berna, 1947); artigos vários da colectânea *Nietzsche 1844–1900, Études et Témoignages du cinquantenaire, Société Française d'Études Nietzschéennes* (Paris, 1950); o cap. *Nietzsche et le psychisme ascensionel* (págs. 146 e segs.) do livro de Gaston Bachelard, *L'Air et les Songes* (2.ª ed., Paris, 1950); Max Kommerell, *Gedanken über Gedichte* (Francoforte-do-Meno, 1943, págs. 481 e segs.: *Nietzsches Dionysosdithyramben);* o cap. sobre os *Ditirambos Dionisíacos* a págs. 148–158 de August Closs, *Die freien Rhythmen in der deutschen Lyrik* (Berna, 1947); Michael Landmann, *Geist und Leben, Varia Nietzscheana* (Bonn, 1951); F. G. Jünger, *Nietzsche* (Francoforte-do-Meno, 1949); Josef Nadler, *Friedrich Nietzsche. Dichterische Gestalt* (em: *Festschrift Moritz Enzinger*, Innsbruck, 1953, págs. 157 e segs.); Maria Bindschedler, *Nietzsche und die poetische Lüge* (Basileia, 1954); Herbert Roeschl, *Nietzsche et la Solitude* (Société Française d'Études Nietzschéennes à Manosque, 1958).

O génio do coração, como o possui aquele grande Oculto, o Deus-Tentador e nato caçador-de-ratos das consciências, cuja voz sabe descer até ao mundo inferior de cada alma, que não diz uma palavra nem lança um olhar em que não haja uma deferência e uma dobra de engodo, de cuja mestria faz parte o saber parecer — e não aquilo que ele é, mas aquilo que, para os que o seguem, é mais *uma obrigação para cada vez mais se aproximarem dele, para o seguirem cada vez mais íntima e radicalmente —; o génio do coração que faz emudecer e ensina a ouvir tudo o que fala alto e é arrogante, que alisa as almas ásperas e lhes dá a provar uma nova aspiração — a de ficarem tranquilas como um espelho, de tal modo que o céu profundo se venha espelhar nelas —; o génio do coração que ensina a mão grosseira e precipitada a hesitar e a pegar com mais graça; que adivinha o tesouro oculto e esquecido, a gota de bondade e doce espiritualidade por baixo do gelo espesso e turvo e é uma varinha mágica para cada grãozinho de ouro que jazeu longamente enterrado na prisão de muita lama e areia; o génio do coração, de cujo contacto todos partem mais ricos, não gratificados e surpresos, não felizes e oprimidos como de um bem alheio, mas mais ricos em si mesmos, mais novos do que antes, abertos, tocados e sondados por um vento de degelo, mais inseguros talvez, mais delicados, mais frágeis, mais quebrados, mas cheios de esperanças que ainda não têm nome, cheios de novo querer e fluir, cheios de novo não-querer e refluir... mas que faço eu, meus amigos? De quem é que vos falo? Esqueci-me eu a tal ponto que nem sequer vos disse o seu nome? A não ser que por vós mesmos já tenhais adivinhado quem seja este duvidoso espírito, este deus que de tal maneira quer ser* louvado. *Como, aliás, acontece a qualquer que desde a infância andou sempre a peregrinar e por terra alheia, também a mim me saíram ao caminho muitos espíritos estranhos e de forma alguma não perigosos, mas sobretudo aquele de quem ainda agora falei, e esse sempre de novo, nem mais nem menos do que o Deus* Diónisos, *aquele grande Ambíguo e Deus-Tentador, a quem eu um dia, como sabeis, em todo o segredo e veneração ofereci as minhas primícias — como o último, ao que me parece, que lhe ofereceu um* sacrifício*: pois não achei ninguém que tivesse entendido o que eu então fiz. Entretanto, aprendi muitas coisas, coisas de mais sobre a filosofia deste deus, e, como disse, de boca para boca — eu, o último discípulo e iniciado do deus Diónisos: e ser-me-á finalmente permitido começar, tanto quanto possa, a dar-vos a provar, meus amigos, um pouco desta filosofia? A meia voz, como convém: pois se trata de várias coisas secretas, novas, estranhas, singulares e terríveis. Já o facto de Diónisos ser um filósofo, e, portanto, de também os deuses filosofarem, me parece uma novidade não inofensiva e que talvez provoque desconfiança precisamente entre os filósofos — entre vós, meus amigos, já a novidade tem menos contra si, a não ser que venha tarde e fora da hora própria: pois vós hoje não gostais, ao que me disseram, de acreditar em Deus e em deuses. Talvez também eu tenha de ir mais longe na ingenuidade da minha história do que é normalmente agradável aos vossos ouvidos? Por certo o dito deus, em tais diálogos, foi mais longe, muito mais longe, e ia sempre muitos passos à minha frente... Sim, se fosse permitido apor-lhe, conforme o humano costume, belos e solenes nomes de pompa e virtude, muito teria eu que celebrar do seu ânimo de investigador e descobridor, da sua ousada honradez, do seu amor à verdade e sabedoria. Mas um deus destes não sabe o que há-de fazer de toda essa venerável e pomposa farrapagem. E diria: «Guarda lá isso para ti e para os da tua laia, e mais para quem tenha precisão! Eu — não tenho razão para tapar a minha nudez!» — Adivinha-se logo: a esta espécie de divindade e de filósofo falta-lhe talvez o pudor? — Assim foi que ele disse uma vez: «Dadas certas circunstâncias, amo o ser humano» — alusão a Ariadne, que estava presente —: «O homem é para mim um animal agradável, valente, inventivo, que não tem sobre a terra quem se lhe iguale; é capaz de achar saída mesmo de todos os labirintos. Gosto dele: muitas vezes me ponho a pensar como é que o poderei fazer progredir e fazê-lo mais forte, mais mau e mais profundo do que é.» — «Mais forte, mais mau e mais profundo?» perguntei eu assustado. «Sim», repetiu ele,* *«mais forte, mais mau e mais profundo; e também mais belo» — e o Deus-Tentador sorriu com o seu sorriso halciónico, como se tivesse acabado de dizer uma graça encantadora. Vê-se logo: não é só o pudor que falta a esta divindade —; e há mesmo boas razões para supor que, sob alguns aspectos, os deuses todos têm muito que aprender na escola dos homens. Nós homens somos — mais humanos…*

«*Nietzsche est le type même du* poète vertical, *du* poète des sommets, *du* poète ascensionnel», diz G. Bachelard no livro atrás citado.

A sua poesia é, efectivamente, uma poesia da altura, dos cumes, da beira do abismo. Lê-se no capítulo *Von der Menschen-Klugheit* (*Da Esperteza Humana*), o penúltimo da segunda parte do *Zaratustra*:

Nicht die Höhe: der Abhang ist das Furchtbare!

Der Abhang, wo der Blick hinunter *stürzt und die Hand* hinauf *greift. Da schwindelt dem Herzen vor seinem doppelten Willen.*

Ach, Freunde, erratet ihr wohl auch meines Herzens doppelten Willen?

Das, das ist mein *Abhang und meine Gefahr, dass mein Blick in die Höhe stürzt, und dass meine Hand sich halten und stützen möchte — an der Tiefe!*(16)

Neste duplo querer se revelam as duas tendências *verticais* da poesia de Nietzsche: uma ascendente, para a vida; a outra de

(16) «Não é a altura, é o declive que me assusta!

O declive, pelo qual o olhar se precipita *para baixo*, enquanto a mão procura agarrar-se às *alturas*. Então o coração sente vertigens do seu duplo querer.

Ai, amigos, podeis também vós adivinhar bem o duplo querer do meu coração?

Isso, isso é que é o *meu* declive e o meu perigo: o meu olhar precipita-se para a altura, enquanto a minha mão quereria agarrar-se e apoiar-se — às profundezas!»

precipitação na morte, de atracção abissal (*v.* H. Roeschl, *op. cit.*, p. 58).

Por isso, o melhor símbolo, ao que me parece, da situação *perigosa* da poesia e da solidão de Nietzsche (— «*É preciso ter asas quando se ama o abismo.*» — lê-se no Ditirambo IV, *Zwischen Raubvögeln*, págs. 60–61) — é o que se exprime no poema *Pinie und Blitz* — *O Pinheiro e o Raio* —, transcrito adiante, págs. 250–251, que exprime situação paralela à do Ditirambo IV e que é, afinal, o reflexo formalmente poético do apólogo que Zaratustra oferece à meditação do Jovem no capítulo *Vom Baum am Berge* da primeira parte de *Also sprach Zarathustra:*

«*Dieser Baum steht einsam hier am Gebirge; er wuchs hoch hinweg über Mensch und Tier.*

Und wenn er reden wollte, er würde niemanden haben, der ihn verstünde: so hoch wuchs er.

Nun wartet er und wartet — worauf wartet er doch? Er wohnt dem Sitze der Wolken zu nahe: er wartet wohl auf den ersten Blitz?»([17])

É sempre a mesma poesia da solidão — ora angustiada, ora altiva —, poesia de situação extrema, de recuo impossível, em que só há duas saídas: «a morte rápida ou o longo amor» (cf., adiante, o fragmento 59, págs. 138–139); poesia que tem a sua pátria em paragens perigosas, como já se disse:

Wo Gefahr ist,
da bin ich daheim,
da wachse ich aus der Erde.

([17]) «Esta árvore ergue-se solitária aqui na montanha; cresceu para lá de homens e bichos.

E se quisesse falar, não encontraria ninguém que a entendesse: tão alto ela cresceu.

E ei-la agora à espera, à espera — mas à espera de quê? Mora perto de mais do assento das nuvens: não esperará ela pelo primeiro raio?»

[Onde há perigo,
aí estou eu em casa,
aí cresço eu da terra.]

(Fragm. 24, págs. 120–121).

A figura do viandante que se arrisca até lá onde nem a camurça acha caminho (*v.* págs. 259–260) reaparece sempre de novo em Nietzsche. E nas alturas ínvias é preciso «olhar frio e claro», pois se está perdido se se acredita no perigo (*Der Wanderer*, págs. 192–193). Lá em cima, no total e eleito isolamento, em ar clarificado, entre o gelo dos glaciares, o olhar e a mão — (recorde-se o passo do *Zaratustra* atrás transcrito) — só apreendem

Fünf Fuß breit Erde, Morgenrot,
Und unter *mir — Welt, Mensch und Tod!*

[A aurora e cinco pés de terra em sorte,
E *abaixo* de mim — Mundo, Homem e Morte!]

(Págs. 258–259)

Vê no sol do ocaso o símbolo do seu excesso de riqueza e de luz:

Sein Überglück ward ihm zum Ungemach,
Sein Überlicht geht eurem Dunkel nach.

[Seu excesso de ventura tornou-se-lhe incomodidade,
Seu excesso de luz persegue a vossa escuridade.]

(Págs. 200–201)

A mesma situação irreversível se repete ainda no mar, quando o *Novo Colombo*, sempre de olhar cravado no azul, sente a atracção excessiva do mais longínquo, e, depois de ver Génova afundar-se e sumir-se na distância das águas, diz ao coração:

(...)
Herz, bleib' kalt! Hand, halt' das Steuer!
Vor mir Meer — und Land? — und Land? — —

Stehen fest wir auf den Füssen!
Nimmer können wir zurück!
Schau' hinaus: von fernher grüssen
uns Ein Tod, Ein Ruhm, Ein Glück!

[(...)
Coração, fica frio! Mão, segura o leme!
À minha frente o mar — e a terra? — e a terra? — —

Bem firmes sobre os pés nos seguremos!
Voltar atrás nunca mais poderemos!
Olha pra o largo: de longe acena, pura,
uma morte, *uma* glória, *uma* ventura!]

(Der neue Columbus)

E este destino de solidão última exige aceitação, aceitação álacre e inevitável, aceitação em amor — *amor fati:*

Du hältst es nicht mehr aus,
dein herrisches Schicksal?
Liebe es, es bleibt dir keine Wahl!

[Já não podes aguentá-lo,
o teu destino de senhor?
Ama-o, não tens mais que escolher!]

(Frag. 58, pág. 138–139)

Uma nota nostálgica, uma saudade de morte, vem por vezes dar toda a dor, toda a amargura do isolamento. (Leia-se, p. ex., o poema *Der Einsamste*, págs. 266–267). Outras vezes, é a saudade do regresso a um lar perdido ou nunca existente, saudade tornada mais amarga ainda pela resposta de um sarcasmo acre e impiedoso (*Mitleid hin und her*, págs. 270 e segs.).

E a canção destinada a epílogo de *Jenseits von Gut und Böse* (*Para lá de Bem e Mal*) com que fecha a parte metrificada da nossa colectânea — «*Aus hohen Bergen*» («*De altos Montes*»), págs. 276 e segs. — dá bem, na largueza da sua orquestração, a profunda, a dolorosa magnitude desta solidão gelada, mas dá também a magnífica e orgulhosa coragem que o não deixa desistir, na espera dos *novos* amigos — e a canção acaba, amordaçando a saudade no júbilo festivo da união com o encantador Zaratustra, «o hóspede dos hóspedes», e no cântico das núpcias da Luz e das Trevas.

*

Qualquer visão — por mais rápida — da poesia de Nietzsche seria deficiente se não incluísse, além do mais significativo da obra em verso, também alguns exemplos dos seus poemas em prosa. Por isso nos atrevemos a concluir a nossa colectânea com versões de cinco das mais belas canções do *Zaratustra*, o maior poema lírico que o Poeta nos deixou.

*

*   *

A grande maioria das versões que adiante se publicam nasceu do propósito de celebrar em Portugal, em 1950, o cinquentenário da morte do Poeta-Filósofo. Registada aqui a boa intenção e o seu malogro, resta apenas dizer que a versão do poema «*Venedig*» («*Veneza*», págs. 274–275) recebeu um dos três primeiros prémios num concurso de traduções de lírica alemã organizado pela revista *Deutschunterricht für Ausländer*, de Munique, em 1952, e foi publicada na pág. 5 da colectânea *Deutsche Lyrik in fremden Sprachen*, editada pelo *Institut für Auslandsbeziehungen* de Estugarda e pelo *Goethe-Institut* de Munique no Natal de 1952.

E pronto, que isto já vai muito longo...

Do que haja a objectar às presentes versões portuguesas me quero salvar a tempo chamando à memória o que o cura diz ao barbeiro no decurso *del donoso y grande escrutinio que [...] hicieron en la librería de nuestro ingenioso hidalgo* sobre a versão métrica castelhana que do *Orlando* de Ariosto fizera Jerónimo de Urrea (*Don Quijote de la Mancha*, cap. VI da 1.ª Parte):

«*... y aqui le perdonáramos al señor Capitán, que no le hubiera traído a Espana y hecho castellano, que le quitó mucho de su natural valor, y lo mismo harán todos aquellos que los libros de verso quisieren volver en otra lengua; que por mucho cuidado que pongan y habilidad que muestren, jamás llegarán al punto que ellos tienen en su primer nacimiento.*»

Coimbra, Nov./Dez. de 1959.

PAULO QUINTELA

NOTA PARA A 2.ª EDIÇÃO

O original alemão e a tradução foram, para esta segunda edição, submetidos a rigorosa revisão, de que resultaram várias emendas e alterações que o leitor com paciência poderá verificar.

Se houver uma nova edição, acrescentar-se-á um suplemento com mais fragmentos de Ditirambos Dionisíacos.

Coimbra, Fevereiro de 1981.

P. Q.

F. NIETZSCHE * POEMAS

DITIRAMBOS DIONISÍACOS

DIONYSOS-DITHYRAMBEN

Indem ich der Menschheit eine unbegrenzte Wohltat erweisen will, gebe ich ihr meine Dithyramben.
Ich lege sie in die Hände des Dichters der Isoline, des größten und ersten Satyr, der heute lebt — und nicht nur heute…

Dionysos

[Dies sind die Lieder Zarathustras,
welche er sich selber zusang,
dass er seine letzte Einsamkeit ertrüge.]

DITIRAMBOS DIONISÍACOS

Querendo prestar à humanidade um benefício ilimitado, dou-lhe os meus ditirambos. Deponho-os nas mãos do Poeta da Isoline, o maior e primeiro Sátiro que hoje vive — e não só hoje…

Diónisos

[Estas são as canções que Zaratustra
a si mesmo cantou,
para poder suportar a sua última solidão.]

NUR NARR! NUR DICHTER!

Bei abgehellter Luft,
wenn schon des Taus Tröstung
zur Erde niederquillt,
unsichtbar, auch ungehört
— denn zartes Schuhwerk trägt
der Tröster Tau gleich allen Trostmilden —
gedenkst du da, gedenkst du, heißes Herz,
wie einst du durstetest,
nach himmlischen Tränen und Taugeträufel
versengt und müde durstetest,
dieweil auf gelben Graspfaden
boshaft abendliche Sonnenblicke
durch schwarze Bäume um dich liefen,
blendende Sonnen-Glutblicke, schadenfrohe.

«Der *Wahrheit* Freier — du?» so höhnten sie —
«Nein! nur ein Dichter!
ein Tier, ein listiges, raubendes, schleichendes,
das lügen muss,
das wissentlich, willentlich lügen muss,
nach Beute lüstern,
bunt verlarvt,

SÓ LOUCO! SÓ POETA!

Em ar diáfano,
quando já o consolo do orvalho
ressuma sobre a terra,
invisível e também sem se ouvir
— pois o consolador orvalho traz,
como todos os suavizadores, calçado leve. —
lembras-te então, lembras-te, ardente coração,
da tua sede de outrora,
sede de lágrimas celestes e de orvalhos,
tu crestado e cansado,
enquanto sobre atalhos de erva seca
maldosos olhares do sol da tarde
em torno a ti corriam por entre árvores negras,
olhares de sol em brasa, cegantes e cínicos.

«Pretendente da *Verdade* — tu?» assim eles te escarneciam —
«Não! só um Poeta!
um bicho, manhoso, de rapina, rastejante,
que tem de mentir,
que ciente e voluntariamente tem de mentir,
ávido de presa,
de disfarces multicores,

sich selbst zur Larve,
sich selbst zur Beute,
das — der Wahrheit Freier?...
Nur Narr! nur Dichter!
Nur Buntes redend,
aus Narrenlarven bunt herausredend,
herumsteigend auf lügnerischen Wortbrücken,
auf Lügen-Regenbogen
zwischen falschen Himmeln
herumschweifend, herumschleichend —
nur Narr! *nur* Dichter!...

Das — der Wahrheit Freier?...

Nicht still, starr, glatt, kalt,
zum Bilde worden,
zur Gottes-Säule,
nicht aufgestellt vor Tempeln,
eines Gottes Türwart:
nein! feindselig solchen Tugend-Standbildern,
in jeder Wildnis heimischer als in Tempeln,
voll Katzen-Mutwillens
durch jedes Fenster springend
husch! in jeden Zufall,
jedem Urwald zuschnüffelnd,
dass du in Urwäldern
unter buntzottigen Raubtieren
sündlich gesund und schön und bunt liefest,
mit lüsternen Lefzen,
selig-höhnisch, selig-höllisch, selig-blutgierig,
raubend, schleichend, *lügend* liefest...

de si mesmo disfarce,
de si mesmo presa,
isso — Pretendente da Verdade?...
Só Louco! só Poeta!
Dizendo só coisas multicores,
falando multicor por máscaras de louco,
trepando sobre pontes mentirosas de palavras,
sobre arcos-íris de mentiras
entre falsos céus
vagueando, rastejando —
só Louco! *só* Poeta!...

Isso — Pretendente da Verdade?...

Não calmo, hirto, liso, frio,
feito imagem,
pilar de Deus,
não erguido em frente aos templos,
guarda-portão de um Deus:
não! hostil a tais estátuas da virtude,
em qualquer ermo mais em casa do que em templos,
cheio de maldade de felino
a saltar por qualquer janela
zás! pra qualquer acaso,
fariscando cada floresta virgem,
que tu em florestas virgens
entre feras de jubas variegadas
pecaminosamente são e belo e variegado corresses,
de beiçarra lúbrica,
feliz-escarninho, feliz-infernal, feliz-sanguinolento,
corresses rapinando, rastejando, *mentindo*...

Oder dem Adler gleich, der lange,
lange starr in Abgründe blickt,
in *seine* Abgründe…
— o wie sie sich hier hinab,
hinunter, hinein,
in immer tiefere Tiefen ringeln! —
Dann,
plötzlich,
geraden Flugs,
gezückten Zugs
auf *Lämmer* stossen,
jach hinab, heißhungrig,
nach Lämmern lüstern,
gram allen Lamms-Seelen,
grimmig gram allem, was blickt
tugendhaft, schafmäßig, krauswollig,
dumm, mit Lammsmilch-Wohlwollen…

Also
adlerhaft, pantherhaft
sind des Dichters Sehnsüchte,
sind *deine* Sehnsüchte unter tausend Larven,
du Narr! du Dichter!…

Der du den Menschen schautest
so *Gott* als *Schaf* —,
den Gott *zerreißen* im Menschen
wie das Schaf im Menschen
und zerreißend *lachen* —
das, das ist deine Seligkeit,
eines Panthers und Adlers Seligkeit,
eines Dichters und Narren Seligkeit!»…

Ou igual a águia que longa,
longamente olha hirta pra os abismos,
pra os *seus* abismos...
— Oh! como eles se encaracolam
lá pra baixo, pra dentro,
em profundas cada vez mais fundas! —
Então,
de repente,
em voo directo,
mergulho de um golpe,
cair a fundo sobre *cordeiros*
veloz, voraz,
ávida de cordeiros,
hostil a todas as almas de cordeiros,
com raiva feroz a tudo quanto olha
com olhos virtuosos, de carneiro, de lã crespa,
a toda a estupidez da benquerença-de-leite-de-cordeiro.

Assim
aquilinas, de pantera.
são as nostalgias do poeta,
são as *tuas* nostalgias sob milhentas máscaras,
ó Louco! ó Poeta!

Tu, que olhaste o homem
tanto *deus* como *carneiro* —,
rasgar o deus no homem
como o carneiro no homem
e *rir* ao rasgar —
isso, isso é que é a tua ventura,
ventura de pantera e de águia,
ventura dum Poeta e dum Louco!»...

Bei abgehellter Luft,
wenn schon des Monds Sichel
grün zwischen Purpurröten
und neidisch hinschleicht,
— dem Tage feind,
mit jedem Schritte heimlich
an Rosen-Hängematten
hinsichelnd, bis sie sinken,
nachtabwärts blass hinabsinken:
so sank ich selber einstmals
aus meinem Wahrheits-Wahnsinne,
aus meinen Tages-Sehnsüchten,
des Tages müde, krank vom Lichte,
— sank abwärts, abendwärts, schattenwärts,
von einer Wahrheit
verbrannt und durstig
— gedenkst du noch, gedenkst du, heißes Herz,
wie da du durstetest? —
dass ich verbannt sei
von aller Wahrheit!
Nur Narr! *Nur* Dichter!...

Em ar diáfano,
quando já a foice da lua
verde entre rubores purpúreos
e invejosa rasteja,
— hostil ao dia,
a cada passo secretamente
ceifando ao longo de leitos pendentes
de rosas, até elas cairem,
até cairem pálidas noite abaixo:
assim caí eu mesmo um dia
da minha Loucura-da-Verdade,
das minhas Nostalgias-do-Dia,
cansado do dia, doente da luz,
— caí, pra baixo, para a noite, para a sombra,
queimado e sedento
de Uma Verdade
— lembras-te ainda, lembras-te, ardente coração,
da sede que então tinhas? —
Oh! fosse eu banido
de toda a Verdade!
Só Louco! *Só* Poeta!..

DIE WÜSTE WÄCHTS:
WEH DEM, DER WÜSTEN BIRGT...

Ha!
Feierlich!
ein würdiger Anfang!
afrikanisch feierlich!
eines Löwen würdig
oder eines moralischen Brüllaffen...
— aber nichts für euch,
ihr allerliebsten Freundinnen,
zu deren Füssen mir,
einem Europäer unter Palmen,
zu sitzen vergönnt ist. Sela.

Wunderbar wahrlich!
Da sitze ich nun,
der Wüste nahe und bereits
so ferne wieder der Wüste,
auch in nichts noch verwüstet:
nämlich hinabgeschluckt
von dieser kleinen Oasis
— sie sperrte gerade gähnend
ihr liebliches Maul auf,

O DESERTO CRESCE:
AI DE QUEM ACOITA DESERTOS…

Eia!
Solene!
um começo digno!
de solenidade africana!
digno de um leão
ou de um rugidor macaco moralista!…
— mas isto não é para vós,
ó formosíssimas amigas,
a cujos pés a mim,
Europeu sob palmeiras,
me foi dado sentar-me. Selah.

Maravilhoso em verdade!
Eis-me aqui sentado,
perto do deserto e já
porém tão longe do deserto,
mesmo nada ainda devastado:
quer dizer engolido
por este minúsculo oásis
— ele escancarava precisamente
a linda boca num bocejo,

das wohlriechendste aller Mäulchen:
da fiel ich hinein,
hinab, hindurch — unter euch,
ihr allerliebsten Freundinnen! Sela.

Heil, Heil jenem Walfische,
wenn er also es seinem Gaste
wohlsein ließ! — ihr versteht
meine gelehrte Anspielung?...

Heil seinem Bauche,
wenn es also
ein so lieblicher Oasis-Bauch war,
gleich diesem: was ich aber in Zweifel ziehe.
Dafür komme ich aus Europa,
das zweifelsüchtiger ist als alle Eheweibchen.
Möge es Gott bessern!
Amen.

Da sitze ich nun,
in dieser kleinsten Oasis,
einer Dattel gleich,
braun, durchsüßt, goldschwürig,
lüstern nach einem runden Mädchen-Maule,
mehr aber noch nach mädchenhaften
eiskalten schneeweissen schneidigen
Beißzähnen: nach denen nämlich
lechzt das Herz allen heißen Datteln. Sela.

a mais bem cheirosa de todas as boquinhas:
e eu caí dentro dela,
caí, atravessei-a — e caí entre vós,
ó formosíssimas amigas! Selah.

Salvè, salvè aquela baleia,
se ela assim bem-tratou
o seu hóspede! — vós entendeis
a minha alusão erudita?...

Salvè o seu ventre,
se ele assim foi
um tão amável ventre-oásis,
igual a este: o que eu de resto ponho em dúvida.
Porque eu venho da Europa,
que é mais pirrónica que todas as mulheres casadas.
Que Deus a melhore!
Amen.

Eis-me pois aqui sentado
neste minúsculo oásis,
qual uma tâmara,
castanha, repassada de dulçor, recheada de oiro,
sôfrega da boca redonda de uma donzela,
mas mais ainda de virginais,
gelados, brancos de neve, cortantes
dentes que mordem: é destes
que está sedento o coração de todas as tâmaras quentes. Selah.

Den genannten Südfrüchten
ähnlich, allzuähnlich
liege ich hier, von kleinen
Flügelkäfern
umtänzelt und umspielt,
insgleichen von noch kleineren
törichteren boshafteren
Wünschen und Einfällen, —
umlagert von euch,
ihr stummen, ihr ahnungsvollen
Mädchen-Katzen
Dudu und Suleika
— *umsphinxt*, dass ich in ein Wort
viel Gefühle stopfe
(— vergebe mir Gott
diese Sprachsünde!...)
— sitze hier, die beste Luft schnüffelnd,
Paradieses-Luft wahrlich,
lichte leichte Luft, goldgestreifte,
so gute Luft nur je
vom Monde herabfiel,
sei es aus Zufall
oder geschah es aus Übermute?
wie die alten Dichter erzählen.
Ich Zweifler aber ziehe es in Zweifel,
dafür komme ich
aus Europa,
das zweifelsüchtiger ist als alle Eheweibchen.
Möge Gott es bessern!
Amen.

Aos ditos frutos do Sul
semelhante, por de mais semelhante,
aqui eu jazo, rodeado
pela dança e pelo jogo
de pequenos escaravelhos alados,
e igualmente de ainda mais pequenos
mais loucos e mais perversos
desejos e caprichos, —
assediado por vós,
ó mudas, ó apreensivas
gatas-raparigas
Dudu e Zuleica
— *circum-esfingeado*, para meter
muitos sentimentos numa só palavra
(— que Deus me perdoe
este pecado contra a língua!...)
— aqui estou eu, fariscando o melhor ar,
em verdade ar de paraíso,
ar leve e claro, listrado de oiro,
ar tão bom como jamais
caiu da lua,
fosse por acaso
— ou teria sido por petulância,
como contam os velhos poetas?
Eu, céptico, porém ponho-o em dúvida,
porque eu venho
da Europa
que é mais pirrónica que todas as mulheres casadas.
Que Deus a melhore!
Amen.

Diese schönste Luft atmend,
mit Nüstern geschwellt gleich Bechern,
ohne Zukunft, ohne Erinnerungen,
so sitze ich hier, ihr
allerliebsten Freundinnen,
und sehe der Palme zu,
wie sie, einer Tänzerin gleich,
sich biegt, und schmiegt und in der Hüfte wiegt
— man tut es mit, sieht man lange zu…
einer Tänzerin gleich, die, wie mir scheinen will,
zu lange schon, gefährlich lange
immer, immer nur auf *einem* Beinchen stand?
— da vergass sie darob, wie mir scheinen will,
das *andre* Beinchen?
Vergebens wenigstens
suchte ich das vermisste
Zwillings-Kleinod
— nämlich das andre Beinchen —
in der heiligen Nähe
ihres allerliebsten, allerzierlichsten
Fächer- und Flatter- und Flitter-Röckchens.
Ja, wenn ihr mir, ihr schönen Freundinnen,
ganz glauben wollt:
sie hat es *verloren*…
Hu! Hu! Hu! Hu! Huh!…
Es ist dahin,
auf ewig dahin,
das andre Beinchen!
O schade um dies liebliche andre Beinchen!
Wo — mag es wohl weilen und verlassen trauern,
dieses einsame Beinchen?
In Furcht vielleicht vor einem
grimmen gelben blondgelockten

Respirando este belíssimo ar,
de narinas dilatadas como taças,
sem futuro, sem lembranças,
assim me eis aqui sentado, ó
formosíssimas amigas,
e acompanho a palmeira com o olhar,
enquanto ela, tal uma bailarina,
se torce e se contorce e nas ancas se retorce
— a gente faz o mesmo, quando a olha muito tempo...
tal uma bailarina que, quer-me parecer,
longamente já, perigosamente
se manteve sempre, sempre sobre *uma só* perna?
— e então ela esqueceu-se, quer-me parecer,
da *outra* perna?
Em vão pelo menos
busquei eu a perdida
jóia gémea
— quer dizer: a outra perna —
na sagrada vizinhança
da sua formosíssima, graciosíssima
sainha em leque, adejante e brilhante.
Ora pois — ó formosas amigas,
se vós me quereis acreditar:
ela *perdeu-a*...
Hu! Hu! Hu! Hu! Huh!...
Foi-se,
foi-se pra sempre,
a outra perninha!
Que pena, a outra perninha adorável!
Onde — poderá ela estar a chorar abandonada,
a perninha solitária?
Talvez com medo de algum
raivoso amarelo bicho-leão

Löwen-Untiere? oder gar schon
abgenagt, abgeknappert —
erbärmlich! wehe! wehe! abgeknabbert! Sela.

O weint mir nicht,
weiche Herzen!
Weint mir nicht, ihr
Dattel-Herzen! Milch-Busen!
Ihr Süßholz-Herz-
Beutelchen!
Sei ein Mann, Suleika! Mut! Mut!

Weine nicht mehr,
bleiche Dudu!
— Oder sottte vielleicht
etwas Stärkeres, Herz-Stärkendes
hier am Platze sein?
ein gesalbter Spruch?
ein feierlicher Spruch?...

Ha!
Herauf, Würde!
Blase, blase wieder,
Blasebalg der Tugend!
Ha!
Noch einmal brüllen,
moralisch brüllen,
als moralischer Löwe vor den Töchtern der Wüste brüllen!
— Denn Tugend-Geheul,
ihr allerliebsten Mädchen,

de cabelos louros? ou já talvez
esburgada, roída —
ai! ai! lamentavelmente roída! Selah.

Oh não choreis,
corações brandos!
Não choreis, ó
corações de tâmara! peitos de leite!
ó saquinhos-
-corações-de-alcaçuz!
Sê valente como um homem, Zuleica! Coragem! Coragem!

Não chores mais,
pálida Dudu!
— Ou será acaso a altura
de algo reconfortante,
de qualquer cordial?
duma máxima balsâmica?
duma exortação solene?

Eia!
Arriba, dignidade!
Sopra, sopra de novo,
fole da virtude!
Eia!
Rugir mais outra vez,
rugir moralmente,
rugir como leão moralista ante as filhas do deserto!
— Pois o bramido-da-virtude,
ó formosíssimas raparigas,

ist mehr als alles
Europäer-Inbrunst, Europäer-Heißhunger!
Und da stehe ich schon,
als Europäer,
ich kann nicht anders, Gott helfe mir!
Amen!

Die Wüste wächst: weh dem, der Wüsten birgt!
Stein knirscht an Stein, die Wüste schlingt und würgt.
Der ungeheure Tod blickt glühend braun
und *kaut* —, sein Leben ist sein Kaun...

Vergiss nicht, Mensch, den Wollust ausgeloht:
du — bist der Stein, die Wüste, bist der Tod...

é mais que tudo
ardor-de-europeu, voracidade-de-europeu!
E eis-me aqui já,
como europeu,
não posso ser senão assim! Que Deus me ajude!
Amen.

O deserto cresce: ai de quem acoita desertos!
Pedra range contra pedra, o deserto traga e engole.
A morte enorme olha, parda e incandescida,
e *mastiga* — seu mastigar é a sua vida.

Recozido de volúpia, Homem, não esqueças tua sorte:
Tu — és a pedra, o deserto, e és a morte…

LETZTER WILLE

So sterben,
wie ich ihn einst sterben sah —,
den Freund, der Blitze und Blicke
göttlich in meine dunkle Jugend warf:
— mutwillig und tief,
in der *Schlacht* ein Tänzer —,

unter Kriegern der Heiterste,
unter Siegern der Schwerste,
auf seinem Schicksal ein Schicksal stehend,
hart, nachdenklich, vordenklich — :

erzitternd darob, *dass* er siegte,
jauchzend darüber, dass er *sterbend* siegte — :

befehlend, indem er starb,
— und er befahl, dass man *vernichte*...

So sterben,
wie ich ihn einst sterben sah:
siegend, *vernichtend*...

ÚLTIMA VONTADE

Morrer assim,
como eu o vi morrer então —,
o Amigo que atirou divinamente
relâmpagos e olhares à minha escura juventude:
arrogante e profundo,
um bailador na *batalha* —,

entre guerreiros o mais jovial,
entre vencedores o mais difícil,
erguendo-se, um destino sobre o seu destino,
duro, reflectindo o passado e o futuro —:

tremendo *porque* venceu,
exultando porque venceu *morrendo*…,

mandando enquanto morria
— e mandou que *aniquilassem*…

Morrer assim,
como eu o vi morrer então:
vencendo, *aniquilando*…

ZWISCHEN RAUBVÖGELN

Wer hier hinab will,
wie schnell
schluckt den die Tiefe!
— Aber du, Zarathustra,
liebst den Abgrund noch,
tust der *Tanne* es gleich? —

Die schlägt Wurzeln, wo
Der Fels selbst schaudernd
zur Tiefe blickt —,
die zögert an Abgründen,
wo alles rings
hinunter will:
zwischen der Ungeduld
wilden Gerölls, stürzenden Bachs
geduldig duldend, hart, schweigsam,
einsam...

Einsam!
Wer wagte es auch,
hier zu Gast zu sein,

ENTRE AVES DE RAPINA

Quem aqui quer descer,
quão depressa
a profundeza o traga!
— Mas tu, Zaratustra,
amas ainda o abismo,
queres igualar o *abeto?*

Esse finca raízes, ali
onde mesmo o penedo, arrepiado,
olha para as profundas —,
fica hesitante à beira dos abismos
onde tudo em volta
quer precipitar-se:
entre a impaciência
do cascalho à solta, do regato que se despenha
sofrendo, paciente, duro, calado,
solitário…

Solitário!
Pois quem se atreveria
a ser hóspede aqui,

dir Gast zu sein?...
Ein Raubvogel vielleicht,
der hängt sich wohl
dem standhaften Dulder
schadenfroh ins Haar,
mit irrem Gelächter
einem Raubvogel-Gelächter...

Wozu so standhaft?
— höhnt er grausam:
man muss Flügel haben, wenn man den Abgrund liebt...
man muss nicht hängen bleiben,
wie du, Gehängter! —

O Zarathustra,
grausamster Nimrod!
Jüngst Jünger noch Gottes,
das Fangnetz aller Tugend,
der Pfeil des Bösen! —
Jetzt —
von dir selber erjagt,
deine eigene Beute,
in dich selber eingebohrt...

Jetzt —
einsam mit dir,
zwiesam im eignen Wissen,
zwischen hundert Spiegeln
vor dir selber falsch,
zwischen hundert Erinnerungen

a ser *teu* hóspede?...
Talvez uma ave de rapina:
essa, sim, suspende-se
com regozijo dos cabelos
do mártir inabalável,
com loucas gargalhadas,
gargalhadas de ave de rapina...

Para quê tão inabalável?
— escarnece ela cruel:
É preciso ter asas quando se ama o abismo...
não se deve ficar ao dependurão,
como tu, enforcado! —

Ó Zaratustra,
crudelíssimo Nimrod!
Há pouco ainda caçador de Deus,
rede de agarrar toda a Virtude,
seta do Mal!
Agora —
por ti mesmo perseguido,
presa de ti mesmo,
em ti mesmo afuroado...

Agora —
solitário contigo,
em diálogo com a própria ciência,
entre cem espelhos
falso ante ti mesmo,
entre cem lembranças

ungewiss,
an jeder Wunde müd,
an jedem Froste kalt,
in eignen Stricken gewürgt,
Selbstkenner!
Selbsthenker!

Was bandest du dich
mit dem Strick deiner Weisheit?
Was locktest du dich
ins Paradies der alten Schlange?
Was schlichst du dich ein
in *dich* — in *dich*?…
Ein Kranker nun,
der an Schlangengift krank ist;
ein Gefangner nun,
der das härteste Los zog:
im eignen Schachte
gebückt arbeitend,
in dich selber eingehöhlt,
dich selber angrabend,
unbehilflich,
steif,
ein Leichnam —,
von hundert Lastern übertürmt,
von dir überlastet,
ein *Wissender!*
ein *Selbstkenner!*
der *weise* Zarathustra!…

incerto,
cansado a toda a ferida,
frio a todo o gelo,
esganado nos teus próprios baraços,
Conhecedor de ti mesmo!
Carrasco de ti mesmo!

Para que é que te amarraste
com o baraço da tua sabedoria?
Para que te atraíste
ao paraíso da velha Serpente?
Para que te insinuaste
em *ti* — em *ti*?...
Um doente agora,
doente do veneno da Serpente;
um prisioneiro agora
que tirou a pior sorte:
na própria mina
trabalhando agachado,
em ti mesmo encovado,
minado para dentro de ti mesmo,
canhestro,
hirto,
um cadáver —,
sobrepujado pela carga de cem cargas,
sobrecarregado de ti,
um *Sábio!*
um *Conhecedor de si mesmo!*
o *sábio* Zaratustra!...

Du suchtest die schwerste Last:
da fandest du *dich* —,
du wirfst dich nicht ab von dir…

Lauernd,
kauernd,
einer, der schon nicht mehr aufrecht steht!
Du verwächst mir noch mit deinem Grabe,
verwachsener Geist!…

Und jüngst noch so stolz,
auf allen Stelzen deines Stolzes!
Jüngst noch der Einsiedler ohne Gott,
der Zweisiedler mit dem Teufel,
der scharlachne Prinz jedes Übermuts!...

Jetzt —
zwischen zwei Nichtse
eingekrümmt,
ein Fragezeichen,
ein müdes Rätsel —
ein Rätsel für *Raubvögel*…

— sie werden dich schon «lösen»,
sie hungern schon nach deiner «Lösung»,
sie flattern schon um dich, ihr Rätsel,
um dich, Gehenkter!…
O Zarathustra!…
Selbstkenner!…
Selbsthenker!…

Buscavas a carga mais pesada:
e a *ti* te encontraste —,
e não podes arrojar-te a ti de ti...

À espreita,
agachado,
alguém que já nem pode estar de pé!
Inda hás-de concrescer em aleijão co'a tua sepultura,
Espírito *aleijado*!

E há pouco ainda tão soberbo,
nas soberbas andas da tua soberba!
Há pouco ainda o solitário sem Deus,
em convívio com o Diabo,
o príncipe escarlate de toda a altivez!...

Agora —
entre dois nadas
enroscado,
um ponto de interrogação,
um enigma estafado —
um enigma para *aves de rapina*...

— elas te «solverão»,
já estão com fome da tua «solução»,
já esvoaçam à volta de ti, o seu enigma,
à volta de ti, enforcado!...
Ó Zaratustra!
Conhecedor de ti mesmo!...
Carrasco de ti mesmo!...

DAS FEUERZEICHEN

Hier, wo zwischen Meeren die Insel wuchs,
ein Opferstein jäh hinaufgetürmt,
hier zündet sich unter schwarzem Himmel
Zarathustra seine Höhenfeuer an, —
Feuerzeichen für verschlagne Schiffer,
Fragezeichen für solche, die Antwort haben...

Diese Flamme mit weißgrauem Bauche
— in kalte Fernen züngelt ihre Gier,
nach immer reineren Höhen biegt sie den Hals —
eine Schlange gerad aufgerichtet vor Ungeduld:
dieses Zeichen stellte ich vor mich hin.

Meine Seele selber ist diese Flamme:
unersättlich nach neuen Fernen
lodert aufwärts, aufwärts ihre stille Glut.
Was floh Zarathustra vor Tier und Menschen?
Was entlief er jäh allem festen Lande?
Sechs Einsamkeiten kennt er schon —,
aber das Meer selbst war nicht genug ihm einsam,
die Insel liess ihn steigen, auf dem Berg wurde er zur Flamme,
nach einer *siebenten* Einsamkeit
wirft er suchend jetzt die Angel über sein Haupt.

O FANAL

Aqui, onde entre mares cresceu a ilha,
pedra de ara súbito como torre erguida,
aqui acende sob um negro céu
Zaratustra os seus fogos das alturas, —
fanal pra navegantes sem rumo,
ponto de interrogação para os que têm resposta...

Esta chama de ventre esbranquiçado
— sua cobiça lança línguas a distâncias frias,
dobra o pescoço para alturas sempre mais puras —
cobra erguida a pino, de impaciência:
este sinal o pus eu em frente a mim.

A minha própria alma é esta chama:
insaciável de distâncias novas,
lança ao alto, ao alto o seu ardor silente.
Porque fugiu Zaratustra dos bichos e dos homens?
Porque se escapou de repente de toda a terra firme?
Seis solidões conhece ele já —,
mas o próprio mar não lhe era solitário bastante,
a ilha deixou-o subir, sobre o monte ele se fez chama,
a uma *sétima* solidão
lança buscando agora o seu anzol por sobre a fronte.

Verschlagne Schiffer! Trümmer alter Sterne!
Ihr Meere der Zukunft! Unausgeforschte Himmel!
nach allem Einsamen werfe ich jetzt die Angel:
gebt Antwort auf die Ungeduld der Flamme,
fangt mir, dem Fischer auf hohen Bergen,
meine siebente, *letzte* Einsamkeit! — —

Navegantes sem rumo! Destroços de astros velhos!
Ó mares do futuro! Ó céus inexplorados!
lanço agora o anzol a tudo o que é solitário:
dai resposta à impaciência da chama,
Agarrai para mim, pescador nos altos montes,
A minha sétima *última* solidão! — —

DIE SONNE SINKT

1

Nicht lange durstest du noch,
    verbranntes Herz!
Verheißung ist in der Luft,
aus unbekannten Mündern bläst mich's an,
    — die grosse Kühle kommt...

Meine Sonne stand heiss über mir im Mittage:
seid mir gegrüsst, daß ihr kommt,
    ihr plötzlichen Winde,
ihr kühlen Geister des Nachmittags!

Die Luft geht fremd und rein.
Schielt nicht mit schiefem
    Verführerblick
die Nacht mich an?...
Bleib stark, mein tapfres Herz!
Frag nicht: warum? —

O SOL DESCE...

1

Não hás-de sofrer sede muito tempo,
    Meu coração queimado!
Anda no ar uma promessa,
Sopra-me na face, de bocas incógnitas,
    — A grande frescura vem...

O meu sol pairou quente sobre mim ao meio-dia:
Eu vos saúdo, pois que vindes,
    Ó ventos repentinos,
Frescos espíritos da tarde!

A aragem corre estranha e pura.
Não olha de olhar vesgo
    E tentador
A noite para mim?...
Mantém-te forte, meu valente coração!
Não perguntes: porquê? —

2

Tag meines Lebens!
gen Abend gehts!
Schon steht die glatte
    Flut vergüldet.
Warm atmet der Fels:
    schlief wohl zu Mittag
das Glück auf ihm seinen Mittagsschlaf? —
    In grünen Lichtern
spielt Glück noch der braune Abgrund herauf.

Tag meines Lebens!
gen Abend gehts!
Schon glüht dein Auge
    halbgebrochen,
schon quillt deines Taus
    Tränengeträufel,
schon läuft still über weiße Meere
deiner Liebe Purpur,
deine letzte zögernde Seligkeit.

3

Heiterkeit, güldene, komm!
    du des Todes
heimlichster, süßester Vorgenuss!
— Lief ich zu rasch meines Wegs?
Jetzt erst, wo der Fuß müde ward,
    holt dein Blick mich noch ein,
    holt dein *Glück* mich noch ein.

2

Dia da minha vida!
O sol desce.
Ei-la já dourada,
  A corrente lisa.
A fraga respira quente:
  Dormiria acaso a ventura
Ao meio-dia sobre ela a sua sesta?
  Em luzes verdes
O abismo escuro lança brincando ventura pra o alto.

Dia da minha vida!
Vem aí a noite!
Já teu olhar brilha
  Meio quebrado,
Já corre do teu orvalho
  O gotejar de lágrimas,
Já corre tranquila sobre brancos mares
A púrpura do teu amor,
A tua última hesitante bem-aventurança...

3

Vem, serenidade de ouro!
  Tu, antegozo
Mais secreto e mais doce da morte!
— Andei eu o meu caminho veloz de mais?
Só agora, quando os pés já estão cansados,
  É que o teu olhar me alcança ainda,
  É que a tua *ventura* inda me alcança.

Rings nur Welle und Spiel.
    Was je schwer war,
sank in blaue Vergessenheit —
müßig steht nun mein Kahn.
Sturm und Fahrt — wie verlernt er das!
    Wunsch und Hoffen ertrank,
    glatt liegt Seele und Meer.

Siebente Einsamkeit!
    Nie empfand ich
näher mir süße Sicherheit,
wärmer der Sonne Blick.
— Glüht nicht das Eis meiner Gipfel noch?
    Silbern, leicht, ein Fisch
    schwimmt nun mein Nachen hinaus…

Em volta só as ondas e seu jogo.
    O que algum dia me pesou,
Caiu em azul esquecimento, —
O meu barco está agora ocioso.
Tormenta e viagem — como pôde ele 'squecer-se?
    Desejo e esperança afogaram-se,
    Lisos jazem alma e mar.

Sétima solidão!
    Nunca senti
Mais perto de mim a doce segurança,
Mais quente o olhar do sol.
— Não arde ainda o gelo dos meus cumes?
    Prateado, leve, um peixe,
    Nada agora o meu barco para o largo...

KLAGE DER ARIADNE

Wer wärmt mich, wer liebt mich noch?
    Gebt heiße Hände!
    gebt Herzens-Kohlenbecken!
Hingestreckt, schaudernd,
Halbtotem gleich, dem mam die Füße wärmt,
geschüttelt ach! von unbekannten Fiebern,
zitternd vor spitzen eisigen Frostpfeilen,
    von dir gejagt, Gedanke!
Unnennbarer! Verhüllter, Entsetzlicher!
    Du Jäger hinter Wolken!
Darniedergeblitzt von dir,
du höhnisch Auge, das mich aus Dunklem anblickt!
    So liege ich,
biege mich, winde mich, gequält
von allen ewigen Martern,
    getroffen
von dir, grausamster Jäger,
du unbekannter — *Gott*...

Triff tiefer!
Triff einmal noch!
Zerstich, zerstich dies Herz!

LAMENTAÇÃO DE ARIADNE

Quem me aquece, quem me ama ainda?
    Dai-me mãos ardentes!
    Dai-me braseiros-do-coração!
Estendida, arrepiada,
como um meio-morto a quem se aquecem os pés —
sacudida, ai! de febres desconhecidas,
tremendo ante setas agudas e de gelo,
    perseguida por ti, Pensamento!
Inominável! Oculto! Terrível!
    Ó Caçador por trás das nuvens!
Prostrada de relâmpagos por ti,
Ó olhar escarninho que me olhaste do escuro!
    Assim eu jazo,
Torço-me, retorço-me, supliciada
De todos os martírios eternos,
    Ferida
Por ti, Caçador crudelíssimo,
Ó ignoto — *Deus!*

Fere mais fundo!
Fere mais uma vez!
Apunhala, apunhala este coração!

Was soll dies Martern
mit zähnestumpfen Pfeilen?
Was blickst du wieder,
der Menschen-Qual nicht müde,
mit schadenfrohen Götter-Blitz-Augen?
Nicht töten willst du,
nur martern, martern?
Wozu — *mich* martern,
du schadenfroher unbekannter Gott?
Haha!
du schleichst heran
bei solcher Mitternacht?…
Was willst du?
Sprich!
Du drängst mich, drückst mich,
Ha! schon viel zu nahe!
Du hörst mich atmen,
du behorchst mein Herz,
du Eifersüchtiger!
— worauf doch eifersüchtig?
Weg! Weg!
wozu die Leiter?
willst du *hinein*,
ins Herz, einsteigen,
in meine heimlichsten
Gedanken einsteigen?
Schamloser! Unbekannter! Dieb!
Was willst du dir erstehlen?
Was willst du dir erhorchen?
Was willst du dir erfoltern,
du Folterer
du — Henker-Gott!
Oder soll ich, dem Hunde gleich,

Para quê este martírio
Com setas de dentes rombos?
Pra que olhas outra vez,
Não cansado do suplício de homens,
Com maliciosos olhos-relâmpago-de-Deus?
Não queres matar,
Só martirizar, martirizar?
Para quê — martirizar-me a *mim*,
Ó malicioso Deus ignoto?
Ah-ah!
Vens rastejante
Por esta meia-noite?
Que queres?
Fala!
Apertas-me, oprimes-me —
Ah! perto de mais já!
Ouves-me respirar,
Escutas-me o coração,
Ó ciumento —
Mas ciumento de quê?
Vai-te! Vai-te!
Pra quê a escada?
Queres entrar *nele*,
No coração,
Entrar nos meus mais secretos
Pensamentos, entrar?
Sem-vergonha! Ignoto! Ladrão!
Que queres tu roubar?
Que queres tu escutar?
Que queres tu arrancar com teus tormentos,
Atormentador?
Tu — Deus-Algoz!
Ou queres que eu, como um cão,

vor dir mich wälzen?
Hingebend, begeistert außer mir
dir Liebe — zuwedeln ?

Umsonst!
Stich weiter!
Grausamster Stachel!
Kein Hund — dein Wild nur bin ich,
grausamster Jäger!
deine stolzeste Gefangne,
du Räuber hinter Wolken...
Sprich endlich!
Du Blitz-Verhüllter! Unbekannter! sprich!
Was willst du, Wegelagerer, von — *mir*?...

Wie?
Lösegeld?
Was willst du Lösegelds?
Verlange viel — das rät mein Stolz!
und rede kurz — das rät mein andrer Stolz!
Haha!
Mich — willst du? mich?
mich — ganz?...

Haha!
Und marterst mich, Narr, der du bist,
zermarterst meinen Stolz?
Gib *Liebe* mir — wer wärmt mich noch?
  wer liebt mich noch?
gib heiße Hände,

Me revolva ante ti?
Que submissa, fora de mim de entusiasmo,
Te mostre — amor, dando ao rabo?

Em vão!
Pica mais,
Espinho crudelíssimo! Não,
Teu cão, não — sou a tua caça apenas,
Caçador crudelíssimo!
A tua mais orgulhosa prisioneira,
Ó Ladrão por trás das nuvens!
Fala, enfim!
Tu, oculto no relâmpago! Ignoto! Fala,
Que queres tu, salteador, de mim?

Como?
Resgate?
Quanto queres de resgate?
Pede muito — assim o quer o meu orgulho!
E fala pouco — assim o quer o meu outro orgulho!
Ah-ah!
A mim — é que tu queres? A mim?
A mim — toda?...

Ah-ah!
E martirizas-me, louco que tu és,
Desfazes com martírios meu orgulho?
Dá-me *amor* — quem me aquece ainda?
    Quem me ama ainda?
Dá-me mãos ardentes,

gib Herzens-Kohlenbecken,
gib mir, der Einsamsten,
die Eis, ach! siebenfaches Eis
nach Feinden selber,
nach Feinden schmachten lehrt,
gib, ja ergib,
grausamster Feind,
mir — *dich*!...
Davon!
Da floh er selber,
mein einziger Genoss,
mein großer Feind,
mein Unbekannter,
mein Henker-Gott!...

Nein!
komm zurück!
Mit allen deinen Martern!
All meine Tränen laufen
zu dir den Lauf
und meine letzte Herzensflamme
dir glüht sie auf.
O komm zurück,
mein unbekannter Gott! mein *Schmerz*!
mein letztes Glück!...

Ein Blitz. Dionysos wird in smaragdener Schönheit sichtbar.

Dá-me braseiros-de-coração,
Dá-me, a mim, à mais solitária de todas,
A quem o gelo, ai! séptuplo gelo
Ensina a ansiar por inimigos,
Mesmo por inimigos,
Dá-te-me, sim, rende-te,
Crudelíssimo inimigo,
Rende-*te*, a mim! —
E foi-se!
Até ele fugiu,
o meu único companheiro,
O meu grande inimigo,
O meu ignoto,
O meu Deus-Algoz!

Não!
Volta para trás,
Com todos os teus martírios!
Todos os ribeiros das minhas lágrimas correm
Para ti o seu curso!
E a última chama do meu coração —
É pra ti que arde!
Oh! volta pra trás,
Meu Deus ignoto! Minha *Dor!*
  Minha última — Ventura!

Um relâmpago. Avista-se Diónisos em beleza esmeraldina.

Dionysos:

Sei klug, Ariadne!…
Du hast kleine Ohren, du hast meine Ohren:
steck ein kluges *Wort* hinein! —
Muss man sich nicht erst hassen, wenn man sich lieben soll?...
Ich bin dein Labyrinth…

Diónisos:

Sê prudente, Ariadne!...
Tu tens orelhas pequenas, tens as minhas orelhas:
Mete nelas uma *palavra* prudente! —
Não temos de odiar-nos primeiro, para nos podermos amar?...
Eu sou o teu labirinto...

RUHM UND EWIGKEIT

1

Wie lange sitzest du schon
   auf deinem Missgeschick?
Gib acht! du brütest mir noch
   ein Ei,
   ein Basilisken-Ei
aus deinem langen Jammer aus.

Was schleicht Zarathustra entlang dem Berge? —

Misstrauisch, geschwürig, düster,
ein langer Lauerer —,
aber plötzlich, ein Blitz,
hell, furchtbar, ein Schlag
gen Himmel aus dem Abgrund:
— dem Berge selber schüttelt sich
das Eingeweide...

GLÓRIA E ETERNIDADE

1

Há quanto tempo estás já tu sentado
   sobre o teu infortúnio?
Cautela! inda és capaz de me chocar
   um ovo,
   um ovo de basilisco,
da tua longa desgraça.

Porque é que Zaratustra rasteja ao longo do monte? —

Desconfiado, ulcerado, sombrio,
um que há muito tempo está à espreita —,
mas de repente, um relâmpago,
luminoso, terrível, um golpe
contra o céu vindo do abismo:
— ao próprio monte lhe estremecem
as entranhas…

Wo Hass und Blitzstrahl
Eins ward, ein *Fluch* —,
auf den Bergen haust jetzt Zarathustras Zorn,
eine Wetterwolke schleicht er seines Wegs.

Verkrieche sich, wer eine letzte Decke hat!
Ins Bett mit euch, ihr Zärtlinge!
Nun rollen Donner über die Gewölbe,
nun zittert, was Gebälk und Mauer ist,
nun zucken Blitze und schwefelgelbe Wahrheiten —
Zarathustra *flucht*...

2

Diese Münze, mit der
alle Welt bezahlt,
Ruhm —,
mit Handschuhen fasse ich diese Münze an,
mit Ekel trete ich sie *unter* mich.

Wer will bezahlt sein?
Die Käuflichen...
Wer *feil* steht, greift
mit fetten Händen
nach diesem Allerwelts-Blechklingklang Ruhm!

Onde o ódio e o raio
se uniram numa *praga* —,
nos montes mora agora a cólera de Zaratustra,
e vai rastejando seu caminho como nuvem de tempestade.

Que aquele que ainda tem uma manta, se abrigue!
Para a cama, ó amimados!
Agora rolam trovões por sobre as abóbadas,
e treme tudo o que é trave ou muro,
e ziguezagueiam relâmpagos e verdades sulfúreas —
Zaratustra *pragueja*…

2

Esta moeda, com a qual
todo o mundo paga,
Glória —,
é com luvas que eu pego nesta moeda,
com nojo a calco aos pés.

Quem quer ser pago?
Os venais…
Quem se expõe à *venda*, agarra
com mãos gordas
este tlimtlim-de-todo-o-mundo, a glória!

— *Willst* du sie kaufen?
Sie sind alle käuflich.
Aber biete viel!
klingle mit vollem Beutel!
— du *stärkst* sie sonst,
du stärkst sonst ihre *Tugend*...

Sie sind alle tugendhaft.
Ruhm und Tugend — das reimt sich.
So lange die Welt lebt,
zahlt sie Tugend-Geplapper
mit Ruhm-Geklapper —,
die Welt *lebt* von diesem Lärm...

Vor allen Tugendhaften
will ich schuldig sein,
schuldig heißen mit jeder großen Schuld!
Vor allen Ruhms-Schalltrichtern
wird mein Ehrgeiz zum Wurm —,
unter solchen gelüstets mich,
der *Niedrigste* zu sein...
Diese Münze, mit der
alle Welt bezahlt,
Ruhm —,
mit Handschuhen fasse ich diese Münze an,
mit Ekel trete ich sie *unter* mich.

Queres tu comprá-los?
São todos pra comprar.
Mas oferece muito.
Faz tinir a bolsa cheia!
Senão *fortifica*-los.
senão fortificas-lhes a *virtude*...

São todos virtuosos.
Glória e Virtude — como isso rima!
Desde que o mundo é mundo
que paga o virtuoso chinfrim
com glorioso tlintlim —,
o mundo *vive* deste ruído...

Ante todos os virtuosos
quero eu ser devedor,
devedor de toda a grande dívida!
Ante todos os porta-vozes da Glória
a minha ambição faz-se verme —,
entre esses tais apetece-me
ser o *ínfimo* dos ínfimos...
Esta moeda, com a qual
todo o mundo paga,
Glória —,
é com luvas que eu pego nesta moeda,
com nojo a calco *aos* pés.

3

Still! —
Von großen Dingen — ich *sehe* Großes! —
soll man schweigen
oder groß reden:
rede groß, meine entzückte Weisheit!

Ich sehe hinauf —
dort rollen Lichtmeere:
o Nacht, o Schweigen, o totenstiller Lärm!...
Ich sehe ein Zeichen —,
aus fernsten Fernen
sinkt langsam funkelnd ein Sternbild gegen mich...

4

Höchstes Gestirn des Seins!
Ewiger Bildwerke Tafel!
Du kommst zu mir? —
Was keiner erschaut hat,
deine stumme Schönheit —
wie? sie flieht vor meinen Blicken nicht? —

3

Silêncio! —
De grandes coisas — eu *vejo* coisas grandes! —
deve-se calar
ou falar com grandeza:
fala com grandeza, minha sabedoria enlevada!

Olho pra o alto —
lá rolam mares de luz:
— ó noite, ó silêncio, ó ruído de silêncio mortal!...
Vejo um sinal —,
dos mais longínquos longes
desce devagar cintilante uma constelação direita a mim.

4

Suprema constelação do ser!
Tábua das figuras eternas!
Vens *tu* para mim? —
O que ninguém viu,
a tua muda beleza, —
como? ela não foge ante meus olhos?

Schild der Notwendigkeit!
Ewiger Bildwerke Tafel!
— aber du weißt es ja:
was alle hassen,
was allein *ich* liebe:
— dass *du ewig* bist!
dass du *notwendig* bist! —
meine Liebe entzündet
sich ewig nur an der Notwendigkeit.

Schild der Notwendigkeit!
Höchstes Gestirn des Seins!
— das kein Wunsch erreicht,
— das kein Nein befleckt,
ewiges Ja des Seins,
ewig bin ich dein Ja:
denn ich liebe dich, o Ewigkeit! — —

Emblema da necessidade!
Tábua das figuras eternas!
— mas tu bem sabes:
o que todos odeiam,
o que só *eu* amo:
— que tu és *eterna*!
que tu és *necessária*! —
o meu amor só se incendeia
eternamente co'a necessidade.

Emblema da necessidade!
Suprema constelação do ser!
— que nenhum desejo alcança,
— que nenhum Não macula,
eterno Sim do ser,
eternamente eu sou o teu Sim:
porque eu amo-te, ó Eternidade! — —

VON DER ARMUT DES REICHSTEN

Zehn Jahre dahin —,
kein Tropfen erreichte mich,
kein feuchter Wind, kein Tau der Liebe
— ein *regenloses* Land...
Nun bitte ich meine Weisheit,
nicht geizig zu werden in dieser Dürre:
ströme selber über, träufle selber Tau,
sei selber Regen der vergilbten Wildnis!

Einst hieß ich die Wolken
fortgehn von meinen Bergen, —
einst sprach ich «mehr Licht, ihr Dunklen!»
Heut locke ich sie, dass sie kommen:
macht Dunkel um mich mit euren Eutern!
— ich will euch melken,
ihr Kühe der Höhe!
Milchwarme Weisheit, süßen Tau der Liebe
ströme ich über das Land.

DA POBREZA DO MAIS RICO

Dez anos passaram —,
nem uma só gota me alcançou,
nenhum vento húmido, nenhum orvalho de amor,
— uma terra *sem chuva*...
Agora eu peço à minha sabedoria
que não se faça avara nesta aridez:
sê tu mesma desbordante, goteja teu orvalho,
sê tu mesma chuva para o deserto ressequido!

Outrora mandava às nuvens
que fugissem dos meus montes, —
outrora dizia: «Mais luz, ó nuvens 'scuras!»
Hoje tento atraí-las, pra que venham:
Fazei trevas à minha volta com os vossos úberes!
— eu quero-vos mungir,
ó vacas das alturas!
Sabedoria quente como o leite, doce orvalho de amor
com eles inundarei a terra.

Fort, fort, ihr Wahrheiten,
die ihr düster blickt!
Nicht will ich auf meinen Bergen
herbe ungeduldige Wahrheiten sehn.
Vom Lächeln vergüldet
nahe mir heut die Wahrheit,
von der Sonne gesüßt, von der Liebe gebräunt, —
eine *reife* Wahrheit breche ich allein vom Baum.

Heut strecke ich die Hand aus
nach den Locken des Zufalls,
klug genug, den Zufall
einem Kinde gleich zu führen, zu überlisten.
Heut will ich gastfreundlich sein
gegen Unwillkommnes,
gegen das Schicksal selbst will ich nicht stachlicht sein,
— Zarathustra ist kein Igel.

Meine Seele,
unersättlich mit ihrer Zunge,
an alle guten und schlimmen Dinge hat sie schon geleckt,
in jede Tiefe tauchte sie hinab.
Aber immer gleich dem Korke,
immer schwimmt sie wieder obenauf,
sie gaukelt wie Öl über braune Meere:
dieser Seele halber heißt man mich den Glücklichen.

Ide-vos, ide-vos, Verdades,
com vosso olhar sombrio!
Não quero ver sobre os meus montes
verdades acres e impacientes.
Dourada de sorriso,
de mim se aproxime hoje a Verdade,
adoçada pelo sol, queimada pelo amor, —
só uma verdade *madura* é que eu colho da árvore.

Hoje estendo a mão
para as madeixas do acaso,
prudente bastante pra guiar, para lograr
o acaso como uma criança.
Hoje quero ser acolhedor
para as coisas importunas,
para o próprio Destino não quero ser hirsuto
— Zaratustra não é nenhum ouriço.

A minha alma,
de língua insaciável,
já lambeu em todas as coisas más e boas,
já desceu a todas as funduras.
Mas sempre igual à cortiça,
fica a nadar sempre ao de cima,
flutua como azeite sobre pardos mares:
por causa desta alma é que me chamam o Feliz.

Wer sind mir Vater und Mutter?
Ist nicht mir Vater Prinz Überfluss
und Mutter das stille Lachen?
Erzeugte nicht dieser beiden Ehebund
mich Rätseltier,
mich Lichtunhold,
mich Verschwender aller Weisheit, Zarathustra?

Krank heute vor Zärtlichkeit,
ein Tauwind,
sitzt Zarathustra wartend, wartend auf seinen Bergen, —
im eignen Safte
süß geworden und gekocht,
unterhalb seines Gipfels,
unterhalb seines Eises,
müde und selig,
ein Schaffender an seinem siebenten Tag.

— Still!
Eine Wahrheit wandelt über mir
einer Wolke gleich, —
mit unsichtbaren Blitzen trifft sie mich.
Auf breiten langsamen Treppen
steigt ihr Glück zu mir:
komm, komm, geliebte Wahrheit!

Quem são meu Pai e minha Mãe?
Não foi meu Pai o Príncipe Abundância
e minha Mãe, o Riso Silencioso?
Não me gerou o matrimónio destes dois
a mim, bicho enigmático,
a mim, mostrengo da luz,
a mim, perdulário de toda a sabedoria, Zaratustra?

Doente hoje de ternura,
um vento de degelo,
Zaratustra espera, espera nos seus montes —,
no próprio sumo
feito doce e cozido,
abaixo do seu cume,
abaixo do seu gelo,
cansado e feliz,
um criador no seu sétimo dia!

— Silêncio!
Uma Verdade passa por sobre mim
como uma nuvem, —
atinge-me com raios invisíveis.
Por largas lentas escadas
desce até mim a sua ventura:
Vem, vem, Verdade amada!

— Still!
Meine Wahrheit ists! —
Aus zögernden Augen,
aus samtenen Schaudern
trifft mich ihr Blick,
lieblich, bös, ein Mädchenblick...
Sie erriet meines Glückes *Grund*,
sie erriet *mich* — ha! was sinnt sie aus? —
Purpurn lauert ein Drache
im Abgrunde ihres Mädchenblicks.

— Still! Meine Wahrheit *redet*! —

Wehe dir, Zarathustra!

Du siehst aus, wie einer,
der Gold verschluckt hat:
man wird dir noch den Bauch aufschlitzen!...

Zu reich bist du,
du Verderber vieler!
Zu viele machst du neidisch,
zu viele machst du arm...
Mir selber wirft dein Licht Schatten —,
es fröstelt mich: geh weg, du Reicher,
geh, Zarathustra, weg aus deiner Sonne!...

— Silêncio!
É a *minha* verdade! —
De seus olhos hesitantes,
de seus tremores aveludados
o seu olhar me fere,
belo, mau, um olhar de virgem…
Ela adivinhou a *razão* da minha ventura,
ela adivinhou-*me* — ah! que estará ela a pensar? —
Purpúreo, um dragão está à espreita
no abismo do seu olhar de virgem.

— Silêncio! A minha Verdade vai *falar*! —

Ai de ti, Zaratustra!

Pareces-te a alguém
que engoliu ouro:
ainda te hão-de abrir a barriga!…

Tu és rico de mais,
ó corruptor de muitos!
Fizeste invejosos de mais,
fizeste pobres de mais…
A mim mesma a tua luz me faz sombra —,
tremo de frio: sai, ó rico,
sai, Zaratustra, sai do teu sol!…

Du möchtest schenken, wegschenken deinen Überfluss,
aber du selber bist der Überflüssigste!
Sei klug, du Reicher!
Verschenke dich selber erst, o Zarathustra!

Zehn Jahre dahin —,
und kein Tropfen erreichte dich?
kein feuchter Wind? kein Tau der Liebe?
Aber wer *sollte* dich auch lieben,
du Überreicher?
Dein Glück macht rings trocken,
macht arm an Liebe
— ein *regenloses* Land...

Niemand dankt dir mehr.
Du aber dankst jedem,
der von dir nimmt:
daran erkenne ich dich,
du *Überreicher*,
du *Ärmster* aller Reichen!

Du opferst dich, dich *quält* dein Reichtum —,
du gibst dich ab,
du schonst dich nicht, du liebst dich nicht:
die grosse Qual zwingt dich allezeit,
die Qual *übervoller* Scheunen, *übervollen* Herzens —
aber niemand dankt dir mehr...

Querias dar, esbanjar o teu supérfluo,
mas tu é que és de tudo o mais supérfluo!
Sê prudente, ó rico!
Dá-te primeiro a ti, ó Zaratustra!

Dez anos passaram —
e nem uma só gota te alcançou?
nenhum vento húmido? nem orvalho de amor?
Mas quem é que *havia* de te amar,
ó super-rico?
A tua ventura espalha secura em volta,
faz pobre de amor
— uma terra *sem chuva*...

Ninguém já te agradece.
Mas tu agradeces a qualquer
que aceite da tua mão:
nisso te reconheço,
ó *super-rico*,
ó mais *pobre* de todos os ricos!

Tu dás-te em sacrifício, tua riqueza *tortura-te* —,
tu dás-te,
não te poupas, não te amas:
a grande tortura obriga-te sempre,
a tortura dos celeiros *repletos*, do coração *repleto* —
mas ninguém já te agradece...

Du musst *ärmer* werden,
weiser Unweiser!
willst du geliebt sein.
Man liebt nur die Leidenden,
man gibt Liebe nur dem Hungernden:
verschenke dich selbst erst, o Zarathustra!

— Ich bin deine Wahrheit…

Tens de te fazer *mais pobre*,
ó sábio Não-sábio!
se quiseres ser amado.
Só se ama a quem sofre,
só se dá amor a quem tem fome:
dá-te primeiro a ti, ó Zaratustra!

— Eu sou a tua Verdade…

FRAGMENTOS DE DITIRAMBOS DIONISÍACOS

(CANÇÕES DE ZARATUSTRA)

1

Zürnt mir nicht, dass ich schlief:
ich war nur müde, ich war nicht tot.
Meine Stimme klang böse;
aber bloss Schnarchen und Schnaufen
war's, der Gesang eines Müden:
kein Willkomm dem Tode,
keine Grabes-Lockung.

2

Noch rauscht die Wetterwolke:
aber schon hängt
glitzernd, still, schwer
Zarathustras Reichtum über die Felder hin.

3

Auf Höhen bin ich heimisch,
nach Höhen verlangt mich nicht.
Ich hebe die Augen nicht empor;
ein Niederschauender bin ich,
Einer, der segnen muss:
alle Segnenden schauen nieder...

1

Não vos irriteis por eu ter dormido:
estava apenas cansado, não estava morto.
A minha voz soava como de maldade:
mas era apenas ressonar e ofegar,
a canção de um cansado:
não boas-vindas à morte,
nem a atracção do sepulcro.

2

Ruge ainda a nuvem da tormenta:
mas já pende,
brilhante, silenciosa, pesada,
a riqueza de Zaratustra sobre os campos.

3

Sinto-me em casa nos cumes,
nada pra os cumes me atrai.
Não ergo os olhos pra o alto;
sou um que olha pra baixo,
um que tem de abençoar:
todos os que abençoam olham pra baixo...

4

Ist für solchen Ehrgeiz
diese Erde nicht zu klein?

5

Alles gab ich weg,
all mein Hab und Gut:
Nichts bleibt mir mehr zurück
als du, große Hoffnung!

6

Was geschieht? fällt das Meer?
Nein, mein Land wächst!
Eine neue Glut hebt es empor!

7

Mein Jenseits-Glück!
Was heut mir Glück ist,
wirft Schatten in seinem Lichte.

8

Diese heitere Tiefe!
Was Stern sonst hieß,
zum Flecken wurde es.

4

Não é pra tal ambição
pequena de mais a terra?

5

Tudo prodigalizei,
todos meus teres e haveres:
Nada mais me resta agora
senão tu, grande Esperança!

6

Que se passa? é o mar que cai?
Não, é a minha terra que cresce!
Um fogo novo a levanta!

7

Minha Ventura-de-Além!
O que hoje me é ventura
na sua luz lança sombra.

8

Esta serena fundura!
O que se chamava estrela
fez-se agora uma mancha.

9

Ihr steifen Weisen,
mir ward alles Spiel.

10

Brause, Wind, brause!
Nimm alles Behagen von mir!

11

Damit begann ich:
ich verlernte das Mitgefühl mit *mir*!

12

Trümmer von Sternen:
Aus diesen Trümmern baute ich eine Welt.

13

Nicht, dass du Götzen umwarfst:
dass du den Götzendiener in *dir* umwarfst,
das war dein Mut.

9

Ó sábios hirtos,
pra mim tudo se fez jogo.

10

Brama, vento, brama!
Leva de mim todo o agasalho!

11

Comecei assim:
esqueci a compaixão de *mim*!

12

Destroços de astros:
Destes destroços construí um mundo.

13

Não o teres derrubado ídolos:
teres derrubado a idolatria em *ti*,
foi *essa* a tua coragem.

14

Da stehn sie da,
die schweren granitnen Katzen,
die Werte aus Urzeiten:
wehe, wie willst du *die* umwerfen?
. . . .
Kratzkatzen
mit gebundenen Pfoten,
da sitzen sie
und blicken Gift.

15

An dieser steinernen Schönheit
kühlt sich mein heißes Herz.

16

Wahrheiten, die noch kein Lächeln
vergüldet hat,
grüne herbe ungeduldige Wahrheiten
sitzen um mich herum.
. . . .
Wahrheiten für unsere Füsse!
Wahrheiten, nach denen sich tanzen lässt!

17

Ein Blitz wurde meine Weisheit;
mit diamantenem Schwerte durchhieb sie mir jede Finsternis!

14

Ei-los aí estão,
os pesados gatos graníticos,
os valores de tempos primevos:
ai, como queres tu derrubá-*los*?
. . . .
Gatos que arranham
com patas ligadas,
ei-los aí estão
com veneno no olhar.

15

A esta beleza de pedra
se refresca o meu ardente coração.

16

Verdades que nenhum sorriso
dourou ainda,
verdades verdes, acres, impacientes
sentadas à minha volta.
. . . .
Verdades pra os nossos pés!
Verdades, ao som das quais se pode dançar!

17

Um relâmpago se fez minha sabedoria:
com espada de diamante cortou-me toda a escuridão!

18

Dieses höchste Hindernis,
den Gedanken der Gedanken,
wer schuf ihn sich?
Das Leben selber schuf sich
sein höchstes Hindernis:
über seinen Gedanken selber springt es nunmehr hinweg.
....
An diesem Gedanken
ziehe ich alle Zukunft.

19

Ein Gedanke,
jetzt noch heiß-flüssig, Lava:
aber jede Lava baut
um sich selbst eine Burg,
jeder Gedanke erdrückt
sich zuletzt mit «Gesetzen».

20

So ist's jetzt mein Wille:
und seit das mein Wille ist,
geht alles mir auch nach Wunsche —
dies war meine letzte Klugheit:
ich wollte das, was ich *muss*:
damit zwang ich mir jedes «Muss»...
seitdem gibt es für mich kein «Muss»...

18

Este supremo obstáculo,
o pensamento dos pensamentos,
quem foi que o criou?
A própria vida se criou
o seu supremo obstáculo:
por cima do seu próprio pensamento ela agora salta.
. . . .
Por este pensamento
eu puxo todo o futuro.

19

Um pensamento,
agora ainda ardente e fluido, lava:
mas toda a lava constrói
à sua volta um castelo,
todo o pensamento se esmaga
a si mesmo enfim com «leis».

20

Agora é assim minha vontade:
e desde que isto é minha vontade,
tudo me corre também como eu desejo —
foi isto a minha última sabedoria:
eu quis o que *tenho* de fazer:
com isto domei todo o «Ter-de»...
desde então não há pra mim «Ter-de»...

21

Rate, Rätselfreund,
wo weilt jetzt meine Tugend?
Sie lief mir davon,
sie fürchtete die Arglist
meiner Angeln und Netze.

22

Ein Wolf selbst zeugte für mich
und sprach: «du heulst besser noch als wir Wölfe».

23

Täuschen —
das ist im Kriege alles.
Die Haut des Fuchses:
sie ist mein heimliches Panzerhemd.

24

Wo Gefahr ist,
da bin ich daheim,
da wachse ich aus der Erde.

21

Adivinha, ó amigo de enigmas:
onde está agora a minha virtude?
Fugiu-me,
teve medo da manha
dos meus anzóis e redes.

22

Um lobo mesmo depôs a meu favor
e disse: «Tu uivas melhor ainda do que nós, os lobos.»

23

Enganar —
isto é tudo na guerra.
A pele da raposa:
eis a minha secreta couraça.

24

Onde há perigo,
aí estou eu em casa,
aí cresço eu da terra.

25

Nach neuen Schätzen wühlen wir,
wir neuen Unterirdischen:
gottlos schien es den Alten einst,
nach Schätzen aufzustören der Erde Eingeweide;
von neuem gibt es solche Gottlosigkeit:
hört ihr nicht aller Tiefen Bauchgrimmen-Gepolter?

26

DIE SPHINX

Hier sitzest du, unerbittlich
wie meine Neubegier,
die mich zu dir zwang:
wohlan, Sphinx,
ich bin ein Fragender, gleich dir;
dieser Abgrund ist uns gemeinsam —
es wäre möglich, dass wir mit *einem* Munde redeten!

27

Ich bin einer, dem man Schwüre schwört:
schwört mir dies!

28

Nach Liebe suchen — und immer die *Larven*,
die verfluchten Larven finden und zerbrechen müssen!

25

Cavamos à busca de tesouros novos,
nós, novos mineiros:
outrora parecia impiedade aos velhos
revolver por tesouros as entranhas da terra;
eis há de novo essa impiedade:
não ouvis o ruído intestino de todas as profundas?

26

A ESFINGE

Eis-te aqui, implacável
como a minha curiosidade
que pra ti me impeliu:
pois bem, Esfinge,
eu interrogo também, como tu:
este abismo é-nos comum —
talvez fosse possível que ambos falássemos pela *mesma* boca!

27

Eu sou um a quem se juram juramentos:
jurai-me isto!

28

Buscar amor — e achar sempre *máscaras*,
as malditas máscaras, e ter de quebrá-las!

29

Liebe ich euch?…
So liebt der Reiter sein Pferd:
es trägt ihn zu seinem Ziele.

30

Sein Mitleid ist hart,
sein Liebesdruck zerdrückt:
gebt einem Riesen nicht die Hand!

31

Ihr fürchtet mich?
Ihr fürchtet den gespannten Bogen?
Wehe, es könnte Einer seinen Pfeil darauf legen!

32

«Neue Nächte hülltest du um dich,
neue Wüsten erfand dein Löwenfuss.»

33

Ich bin nur ein Worte-macher:
was liegt an Worten!
was liegt an mir!

29

Se vos amo?...
Como o cavaleiro ama o cavalo:
é ele que o leva ao seu destino.

30

A sua compaixão é dura,
o seu abraço de amor esmaga:
não deis a mão a um gigante!

31

Tendes medo de mim?
Tendes medo do arco tenso?
Ai! podia alguém pôr nele a sua seta!

32

«De novas noites te envolveste,
novos ermos inventou teu pé de leão.»

33

Sou apenas um fazedor-de-palavras:
que importam palavras!
que importo eu!

34

Ach, meine Freunde:
wohin ist, was man «gut» hieß!
Wohin sind alle «Guten»!
Wohin, wohin ist die Unschuld aller dieser Lügen!
....
Alles heiße ich gut,
Laub und Gras, Glück, Segen und Regen.

35

Nicht an seinen Sünden und grossen Torheiten:
an seiner Vollkommenheit litt ich, als ich
am meisten am Menschen litt.

36

«Der Mensch ist böse»,
so sprachen noch alle Weisesten —
mir zum Troste.

37

Und nur wenn ich mir selbst zur Last bin,
fallt *ihr* mir schwer!

34

Ai, meus amigos:
que é feito do a que se chamava «bom»!
Que é feito de todos os «bons»!
Que é feito, que é feito da inocência de todas estas mentiras!
. . . .
A tudo eu chamo bom,
folhagem e erva, ventura, bênção e chuva.

35

Não pelos seus pecados e grandes loucuras:
pela sua perfeição foi que eu sofri quando
mais sofri pelo homem.

36

«O homem é mau»,
assim falaram ainda todos os mais sábios —
pra minha consolação.

37

E só quando eu sou um fardo pra mim mesmo
é que *vós* me sois pesados!

38

Zu bald schon
lache ich wieder:
ein Feind hat
wenig bei mir gutzumachen.

39

Leutselig (bin ich) gegen Mensch und Zufall,
Leutselig mit jedermann, auch mit Gräsern noch:
ein Sonnenfleck an winterlichen Hängen…
feucht vor Zärtlichkeit,
ein Tauwind verschneiten Seelen;
. . . .
Hochmütig gegen kleine
Vorteile: wo ich der Krämer
lange Finger sehe,
da gelüstet's mich sofort,
den Kürzern zu ziehen —
so will's mein spröder Geschmack von mir.

40

Ein fremder Atem haucht und faucht mich an:
bin ich ein Spiegel, der drob trüb wird?

38

Em breve já
rirei eu de novo:
um inimigo tem
pouco que retribuir-me.

39

Afável (sou eu) para com os homens e o acaso,
afável com todos, inda mesmo co'as ervas:
uma mancha de sol em encostas de inverno...
húmido de ternura,
um vento de degelo pra almas nevadas;
. . . .
Sobranceiro ante pequenas
vantagens: quando vejo os dedos
compridos do merceeiro,
tenho logo vontade
de me deixar intrujar —
assim o quer de mim o meu gosto esquivo.

40

Hálito estranho bafeja-me e ataca-me:
serei eu um espelho que disso se embacia?

41

Kleine Leute,
zutraulich, offenherzig,
aber niedere Türen:
nur Niedriges tritt durch sie ein.
. . . .
Wie komme ich durch das Stadttor? —
Ich verlernte es, unter Zwergen zu leben!

42

Meine Weisheit tat der Sonne gleich:
ich wollte ihnen Licht sein,
aber ich habe sie geblendet;
die Sonne meiner Weisheit stach
diesen Fledermäusen
die Augen aus…

43

«Schwärzres und Schlimmres schautest du als irgendein Seher:
durch die Wollust der Hölle ist noch kein Weiser gegangen.»

44

Zurück! ihr folgt mir zu nah auf dem Fuße!
Zurück, dass meine Wahrheit euch nicht den Kopf zertrete!

41

Gente pequena,
confiante, de alma aberta,
mas portas baixas:
só o que é baixo é que pode entrar por elas.
. . . .
Como hei-de eu entrar pela porta da cidade?
Desaprendi de viver entre anões!

42

A minha sabedoria fez como o sol:
queria ser luz para eles,
mas apenas os ceguei;
o sol da minha sabedoria
estoirou os olhos
a estes morcegos...

43

«Mais que qualquer outro vidente viste coisas negras e más:
nenhum sábio atravessou ainda as delícias do inferno.»

44

Para trás! seguis-me perto de mais!
Para trás, que a minha Verdade vos não esmague a cabeça!

45

«Zur Hölle geht, wer deine Wege geht!» —
Wohlan! Zu meiner Hölle
will ich den Weg mir mit guten Sprüchen pflastern.

46

Euer Gott, sagt ihr mir,
ist ein Gott der Liebe?
Der Gewissensbiss
ist ein Gottesbiss,
ein Biss aus Liebe?

47

Der Affe seines Gottes —
willst du nur der Affe deines Gottes sein?

48

Sie kauen Kiesel,
sie liegen auf dem Bauche
vor kleinen runden Sachen;
sie beten alles an, was nicht umfällt, —
diese letzten Gottesdiener,
(die Wirklichkeits-) Gläubigen!

45

«Vai para o inferno quem segue os teus caminhos!»
Pois bem! Pra o meu inferno
vou eu calcetar o caminho com boas sentenças.

46

O vosso Deus, dizeis vós,
é um deus de amor?
O remorso de consciência
é pois mordedura de Deus,
mordedura de amor?

47

O macaco do seu Deus —
queres tu ser só o macaco do teu Deus?

48

Mastigam seixos,
deitam-se de barriga
diante de pequenas coisas redondas:
adoram tudo o que não cai, —
estes últimos servos de Deus,
os crentes (da realidade)!

49

Ohne Weiber, schlecht genährt
und ihren Nabel beschauend,
— des Schmutzes Bilder,
Übelriechende!
Also erfanden sie sich die Wollust Gottes.

50

Sie haben ihren Gott aus Nichts geschaffen:
was Wunder: nun ward er ihnen zu nichte.

51

Ihr höheren Menschen, es gab schon
denkendere Zeiten, zerdachtere Zeiten,
als unser Heut und Gestern ist.

52

Diese Zeit ist wie ein krankes Weib —
lasst sie nur schreien, rasen, schimpfen
und Tisch und Teller zerbrechen...

53

Ihr Verzweifelnden! Wie viel Mut
macht ihr denen, die euch zuschaun!

49

Sem mulheres, mal comidos
e contemplando o umbigo,
— imagens da imundície,
mal-cheirosas!
Assim eles inventaram as delícias de Deus.

50

Foi do nada que eles criaram o seu Deus:
que admira que em nada ele se lhes torne.

51

Ó homens superiores, houve já
tempos que mais pensaram, tempos mais desfeitos de pensar,
do que o nosso hoje e o nosso ontem.

52

Este tempo é como uma mulher doente —
deixai-o gritar, barafustar, ralhar
e escacar a mesa e os pratos!...

53

Ó desesperados! Quanta coragem
incutis àqueles que vos olham!

54

Steigt ihr?
Ist es wahr, dass ihr steigt,
ihr höheren Menschen?
Werdet ihr nicht, verzeiht,
dem Balle gleich
in die Höhe *gedrückt*
— durch euer Niedrigstes?...
flieht ihr nicht vor euch, ihr Steigenden?...

55

Ach, dass du glaubtest
verachten zu müssen,
wo du nur verzichtetest!

56

Und alle *Männer* sagen diesen Kehrreim:
Nein! Nein! Dreimal Nein!
Was Himmel-Bimmel-bam-bam!
Wir *wollen* nicht ins Himmelreich —
das Erdenreich soll unser sein!

57

Der Wille erlöst.
Wer nichts zu tun hat,
dem macht ein Nichts zu schaffen.

54

Subis vós?
É verdade que subis,
ó homens superiores?
Não sereis vós — perdoai! —
como uma bola
atirados pra o alto
— pelo que tendes de inferior?...
não *fugis* vós de vós, ó vós que subis?...

55

Ai, teres tu pensado
que tinhas de desprezar
quando apenas renunciavas!

56

E todos os *homens* dizem este refrão:
Não! Não! Três vezes Não!
Que bim-bam-bum celestial!
Não *queremos* ir pra o reino do céu —
que seja nosso o reino cá da terra!

57

A vontade salva.
Quem nada tem que fazer,
um nada lhe dará que fazer.

58

Du hältst es nicht mehr aus,
dein herrisches Schicksal?
Liebe es, es bleibt dir keine Wahl!

59

Dies allein erlöst von allem Leiden
(— wähle nun!):
der schnelle Tod
oder die lange Liebe.

60

Seines Todes ist man gewiss:
warum wollte man nicht heiter sein?

61

Den schlimmsten Einwand,
ich verbarg ihn euch — das Leben ward langweilig:
werft es weg, damit es euch wieder schmackhaft wird!

62

Einsame Tage,
ihr wollt auf tapferen Füssen gehn!

58

Já não podes aguentá-lo,
o teu destino de senhor?
Ama-o, não tens mais que escolher!

59

Só isto salva de todo o sofrimento
(— escolhe, pois!):
a morte rápida
ou o longo amor.

60

A morte temo-la certa:
porque não havemos de estar serenos?

61

A objecção pior
escondi-vo-la — a vida tornou-se enfadonha:
atirai-a fora, pra que se vos torne outra vez gostosa!

62

Dias solitários,
vós quereis andar em pés valentes.

63

Die Einsamkeit
pflanzt nicht: sie reift…
Und dazu noch musst du die Sonne zur Freundin haben.

64

Du musst wieder ins Gedränge:
im Gedränge wird man glatt und hart.
Die Einsamkeit mürbt,
die Einsamkeit verdirbt…

65

Wenn den Einsamen
die grosse Furcht anfällt,
wenn er läuft und läuft,
er weiß selber nicht wohin?

wenn Stürme hinter ihm brüllen,
wenn der Blitz gegen ihn zeugt,
wenn seine Höhle mit Gespenstern
ihn fürchten macht…

66

Wetterwolken — was liegt an euch?
für uns, die freien, luftigen, lustigen Geister!

63

A solidão
não planta: amadurece…
E pra isso inda é preciso teres o sol por amigo.

64

Tens de entrar de novo na turba:
entre a turba faz-se a gente lisa e dura.
A solidão amolece,
a solidão apodrece…

65

Quando o grande temor
cai sobre o solitário,
quando ele se põe a correr
sem mesmo saber pra onde,

quando as tormentas rugem atrás dele,
quando o raio contra ele depõe,
quando a sua caverna com fantasmas
o enche de terror…

66

Nuvens de trovoada — que nos importais vós,
a nós, os livres, aéreos, alegres espíritos?

67

Wirf dein Schweres in die Tiefe!
Mensch, vergiss! Mensch, vergiss!
Göttlich ist des Vergessens Kunst!
Willst du fliegen,
willst du in Höhen heimisch sein:
wirf dein Schwerstes in das Meer!
Hier ist das Meer, wirf *dich* ins Meer!
Göttlich ist des Vergessens Kunst!

68

Bist du so neugierig?
Kannst du um die Ecke sehn?
Man muss, um *das* zu sehn,
Augen auch hinter dem Kopfe haben!

69

Sieh hinaus! sieh nicht zurück!
Man geht zugrunde,
wenn man immer zu den Gründen geht.

70

Den Verwegnen
hüte dich zu warnen!
Um der Warnung willen
läuft er in jeden Abgrund noch.

67

O que te pesa, lança-o lá pra o fundo!
Homem, esquece! Homem, esquece!
Divina é a arte de esquecer!
Se queres voar,
se queres sentir-te em casa nas alturas:
atira ao mar o que te é mais pesado!
Aqui está o mar, atira-*te* ao mar!
Divina é a arte de esquecer!

68

És assim tão curioso?
És capaz de ver pra lá da esquina?
Para ver *isso*, é preciso
ter olhos atrás da cabeça!

69

Olha lá pra longe! não olhes pra trás!
Vai-se ao fundo
quando se quer chegar ao fundo.

70

Cautela, não advirtas
o audacioso!
Por mor da advertência
inda é capaz de se atirar a qualquer abismo.

71

Was warf er sich aus seiner Höhe?
was verführte ihn?
Das Mitleiden mit allem Niedrigen verführte ihn:
nun liegt er da, zerbrochen, unnütz, kalt —

72

Wohin er ging? wer weiß es?
Aber gewiss ist, dass er unterging.
Ein Stern erlosch im öden Raum:
öde ward der Raum...

73

Was man nicht hat,
aber nötig hat,
das soll man sich nehmen:
so nahm ich mir das gute Gewissen.

74

Wer wäre das, der Recht dir geben könnte?
So nimm dir Recht!

71

Porque é que ele se atirou da altura onde estava?
que foi que o seduziu?
A piedade por tudo o que é baixo o seduziu;
e agora ei-lo aí está, quebrado, inútil, frio —

72

Para onde ia ele? Quem sabe?
Mas o que é certo é que se afundou.
Uma estrela apagou-se no ermo do espaço:
ermo ficou o espaço…

75

O que se não tem
mas se precisa,
deve-se tomar:
assim eu tomei a boa consciência.

74

Quem seria que te poderia dar razão?
Toma, pois, razão!

75

WASSERFAHRT

Ihr Wellen?
Ihr Weiblein? ihr Wunderlichen?
ihr zürnt gegen mich?
ihr rauscht zornig auf?
Mit meinem Ruder schlage ich
eurer Torheit auf den Kopf.
Diesen Nachen —
ihr selber tragt ihn noch zur Unsterblichkeit!

76

Was um euch wohnt,
das wohnt sich bald euch ein:
Gewöhnung wird daraus.
Wo lang du sitzest,
da wachsen Sitten.

77

Als keine neue Stimme mehr redete,
machtet ihr aus alten Worten
ein Gesetz:
wo Leben *erstarrt*, türmt sich das Gesetz.

75

VIAGEM POR MAR

Ó ondas!
fêmeazinhas! extravagantes!
estais zangadas comigo?
rugis coléricas?
Com o meu remo bato
na cabeça à vossa loucura.
Este barco —
vós mesmas o levais inda à imortalidade!

76

O que habita à vossa roda,
breve se afaz a vós:
depois vem o hábito.
Onde ficas muito tempo
aí crescem costumes.

77

Quando voz nova alguma já falava,
fizestes de velhas palavras
uma lei:
quando a vida *enregela*, encapela-se a lei.

78

Dergleichen mag nicht widerlegbar sein:
wäre es schon deshalb wahr?
O, ihr Unschuldigen!

79

Bist du stark?
stark als Esel? stark als Gott?
Bist du stolz?
stolz genug, dass du deiner Eitelkeit
dich nicht zu schämen weißt?

80

Hüte dich,
sei nicht der Paukenschläger
deines Schicksals!
Geh aus dem Weg
allen Bumbums des Ruhms!
. . . .
nicht zu früh erkannt:
Einer, der seinen Ruf *aufgespart* hat.

81

Willst du in Dornen greifen?
Schwer büssen's deine Finger.
Greife nach einem Dolch!

78

Coisas destas não podem refutar-se:
mas seriam só por isso verdadeiras?
Ó inocentes!

79

És forte?
forte como burro? forte como Deus?
És orgulhoso?
orgulhoso bastante pra não teres vergonha
da tua vaidade?

80

Cautela,
não sejas o timbaleiro
do teu destino!
Sai do caminho
a todos os bum-buns da Glória!
....
reconhecido não cedo de mais:
alguém que *poupou* a sua fama.

81

Queres agarrar espinhos?
Caro o pagam os teus dedos.
Pega antes num punhal!

82

Bist du zerbrechlich?
So hüte dich vor *Kindshänden*!
Das Kind kann nicht leben,
wenn es nichts zerbricht...

83

Schone, was solch zarte Haut hat!
Was willst du Flaum
von solchen Dingen schaben!

84

Deine großen Gedanken,
die aus dem Herzen kommen,
und alle deine kleinen
— sie kommen aus dem Kopfe —
sind sie nicht alle *schlecht* gedacht?

85

Sei eine Platte von Gold —
so werden sich die Dinge auf dir
in goldener Schrift einzeichnen.

82

És frágil?
Cautela com *mãos de criança*!
A criança não sabe viver
sem quebrar qualquer coisa...

83

Poupa o que tem pele tão delicada!
Pra que hás-de tu raspar penugem
de coisas destas?

84

Os teus grandes pensamentos,
que vêm do coração,
e todos os pequenos,
— esses vêm da cabeça —
não são eles todos *mal* pensados?

85

Sê uma chapa de ouro —
então as coisas gravam-se
em ti com letras de ouro.

86

Rechtschaffen steht er da,
mit mehr Sinn für das Rechte
in seiner linksten Zehe,
als mir im ganzen Kopfe sitzt:
ein Tugend-Untier,
weißbemäntelt.

87

Schon ahmt er sich selber nach,
schon ward er müde,
schon sucht er die Wege, die er ging —
und jüngst noch liebte er alles *Unbegangne*!
. . . .
heimlich verbrannt,
nicht für seinen Glauben,
vielmehr dass er zu keinem Glauben
den Mut mehr fand.

88

Wie sicher ist dem Unsteten auch
Ein Gefängnis!
Wie ruhig schlafen die Seelen
eingefangner Verbrecher!
Am Gewissen leiden nur
Gewissenhafte!

86

Ei-lo aí está, íntegro,
com mais sentido do justo
no dedo do pé mais à esquerda
do que eu na cabeça toda:
um monstro de virtude,
de manto branco.

87

Ei-lo se imita a si mesmo,
ei-lo se cansou já,
ei-lo busca os caminhos que andou já —
e há pouco amava ainda todo o *Inexplorado*!
. . . .
queimado em segredo,
não pela sua fé,
mas antes por já não ter coragem
pra fé nenhuma.

88

Quão segura é pra o inconstante
uma prisão!
Que tranquilas dormem as almas
de criminosos presos!
Da consciência só sofrem
os conscienciosos!

89

Zu lange saß er im Käfig,
dieser Entlaufne!
Zu lange fürchtete er einen
Stockmeister!
Furchtsam geht er nun seines Wegs:
Alles macht ihn stolpern,
der Schatten eines Stocks schon macht ihn stolpern.

90

Ihr Rauchkammern und verdumpften Stuben,
ihr Käfige und engen Herzen,
wie wolltet ihr freien Geistes sein!

91

Was hilft's! Sein Herz
ist eng und all sein Geist
ist in diesen engen Käfig
eingefangen, eingeklemmt.

92

Enge Seelen,
Krämerseelen!
Wenn das Geld in den Kasten springt,
springt die Seele immer mit hinein!

89

Esteve tempo de mais na gaiola,
este evadido!
Tempo de mais, teve medo
do carcereiro!
Tímido, segue agora o seu caminho:
tudo o faz tropeçar,
já a sombra de um bastão o faz tropeçar.

90

Ó alcovas cheias de fumo e quartos abafados,
ó prisões e corações estreitos,
como queríeis vós ter espírito livre!

91

De que serve! Tem o coração
estreito e todo o seu espírito
está aprisionado, entalado
nesta prisão estreita.

92

Almas estreitas,
almas de merceeiro!
Quando o dinheiro salta pra a gaveta,
salta com ele também a alma!

93

Die Sträflinge des Reichtums,
deren Gedanken kalt wie Ketten klirren,
— sie erfanden sich die heiligste Langeweile
und die Begierde nach Mond und Werkeltagen.

94

Bei bedecktem Himmel,
wenn man Pfeile und tötende Gedanken
nach seinen Feinden schiesst,
da verleumdeten sie den Glücklichen.
. . . .
Mein Glück macht ihnen Wehe:
diesen Neidbolden ward mein Glück zum Schatten;
sie frösteln bei sich: blicken grün dazu —

95

Sie lieben, ach! und werden nicht geliebt,
sie zerfleischen sich selber,
weil niemand sie umarmen will.
. . . .
Sie verlernten Fleisch essen,
mit Weiblein spielen,
— sie härmten sich über die Massen.

93

Os penitenciários da riqueza,
cujos pensamentos tinem frios como grilhetas,
— inventaram o mais sagrado enfado
e a cobiça dos dias de trabalho e de lua.

94

Com céu forrado,
quando se disparam contra os inimigos
setas e pensamentos mortais,
foi então que eles caluniaram o feliz.
....
A minha ventura faz-lhes doer:
a estes invejosos fez-lhes sombra a minha ventura;
têm calafrios em casa: e têm olhar verde —

95

Eles amam, ai! e não são amados,
dilaceram-se a si mesmos,
porque ninguém os abraça.
....
Desaprenderam de comer carne,
de brincar com mulheres,
— consumiram-se sem limites.

96

Seid ihr Weiber,
dass ihr an dem, was ihr liebt,
leiden wollt?

97

Milch fließt
in ihrer Seele; aber wehe!
ihr Geist ist molkicht.

98

Ihre Kälte
macht meine Erinnerung erstarren?
Habe ich je dies Herz
an mir glühn und klopfen gefühlt?…

99

Sie sind kalt, diese Gelehrten!
Dass ein Blitz in ihre Speise schlüge
und ihre Mäuler lernten Feuer fressen!

100

Ihr Sinn ist ein Widersinn,
ihr Witz ist ein Doch- und Aber-Witz.

96

Sois acaso mulheres,
para quererdes sofrer
por aquilo que amais?

97

Corre leite
na sua alma; mas, ai!
o seu espírito é de soro.

98

A sua frialdade
gela-me a lembrança?
Senti eu jamais esse coração
arder e pulsar junto a mim?

99

São frios, estes sábios!
Oh! não lhes cair um raio na comida,
que as suas bocas aprendessem a comer fogo!

100

O seu senso é um contrassenso,
a sua razão é teimosia e sem-razão.

101

Eure falsche Liebe
zum Vergangenen,
eine Totengräberliebe —
sie ist ein Raub am Leben:
ihr stehlt sie der Zukunft ab.
. . . .
Ein Gelehrter *alter* Dinge:
ein Totengräber-Handwerk,
ein Leben zwischen Särgen und Sägespänen!

102

O diese Dichter!
Hengste sind unter ihnen,
die auf eine keusche Weise wiehern.

103

Der Dichter, der lügen kann
wissentlich, willentlich,
der kann allein Wahrheit reden.

104

Unsere Jagd nach der Wahrheit —
ist sie eine Jagd nach Glück?

101

O vosso falso amor
ao passado,
amor de coveiro —
é um roubo à vida:
roubai-lo ao futuro.
....
Um sábio de coisas *velhas*:
um ofício de coveiro,
uma vida entre esquifes e serradura!

102

Oh! estes poetas!
Há entre eles garanhões
que relincham com toda a castidade.

103

O poeta que é capaz de mentir
ciente e voluntariamente
é o único que pode falar verdade.

104

A nossa caça à Verdade —
é ela uma caça à Felicidade?

105

Die Wahrheit —
ein Weib, nichts Besseres:
arglistig in ihrer Scham:
was sie am liebsten möchte,
sie will's nicht wissen,
sie hält die Finger vor...
Wem gibt sie nach? Der Gewalt allein! —
So braucht Gewalt,
seid hart, ihr Weisesten!
Ihr müsst sie zwingen,
die verschämte Wahrheit...
Zu ihrer Seligkeit
braucht's des Zwanges —
— *sie* ist ein Weib, nichts Besseres.

106

Wir dachten übel voneinander?...
Wir waren uns zu fern.
Aber nun, in dieser kleinsten Hütte,
angepflockt an Ein Schicksal,
wie sollten wir noch uns feind sein?
Man muss sich schon lieben,
wenn man sich nicht entlaufen kann.

105

A Verdade —
uma mulher, nada melhor:
manhosa no seu pudor:
aquilo de que mais gosta,
não o quer saber:
põe os dedos diante…
A quem cede ela? Só à força! —
Usai, pois, da força,
sede duros, ó mais sábios!
Tendes de violentá-la,
à pudibunda Verdade…
Pra a sua felicidade
é precisa a violência —
— *ela* é uma mulher, nada melhor.

106

Pensámos mal um do outro?…
Estávamos longe de mais.
Mas agora, nesta cabana minúscula,
amarrados à estaca de um só destino,
como havíamos de ser inimigos?
Temos mesmo de nos amar
quando não nos podemos escapar.

107

«Liebe den Feind,
lass dich rauben von dem Räuber»:
das Weib hört's — und tut's.

108

Wem ziemt die Schönheit?
Dem Manne nicht:
den Mann *versteckt* die Schönheit, —
aber wenig taugt ein versteckter Mann.
Tritt frei herfür —

109

Jenseits von Liebe und Hass,
auch von Gut und Böse,
ein Betrüger mit gutem Gewissen,
grausam bis zur Selbstverstümmelung,
unentdecket und vor aller Augen,
ein Verführer, der
vom Blute fremder Seelen lebt,
der die Tugend als ein Experiment
liebt, wie das Laster —

110

Ein vornehmes Auge
mit Samtvorhängen:
selten hell, —
es ehrt den, dem es sich offen zeigt.

107

«Ama o teu inimigo,
deixa-te roubar pelo ladrão»:
a mulher ouve-o — e fá-lo.

108

A quem convém a beleza?
Não ao homem:
a beleza *oculta* o homem, —
mas de pouco serve um homem oculto.
Vem, pois, cá pra fora...

109

Para além do Amor e do ódio,
e também do Bem e do Mal,
um enganador com boa consciência,
cruel até à mutilação própria,
indescoberto e aos olhos de todos,
um sedutor que vive
do sangue de almas alheias,
que ama a virtude como uma experiência,
como o vício —

110

Um olhar distinto
com cortinas de veludo:
raras vezes claro, —
honra aquele a quem se mostra aberto.

111

Langsame Augen,
welche selten lieben:
aber wenn sie lieben, blitzt es herauf
wie aus Goldschächten,
wo ein Drache am Hort der Liebe wacht…

112

(Der Widerspenstige —)
schlecht mit sich selber
verheiratet, unfriedlich,
sein eigener Hausdrache.

113

Schon wird er unwirsch,
zackicht reckt
er den Ellenbogen;
seine Stimme versauert sich,
sein Auge blickt Grünspan.

114

Der Himmel steht in Flammen,
das Meer fletscht die Zähne
gegen dich — das Meer
speit nach uns!

111

Olhos vagarosos
que raras vezes amam:
mas quando amam, saltam relâmpagos
como de minas de ouro,
onde um dragão vigia os tesouros do amor...

112

(O renitente —)
mal-maridado consigo
mesmo, bulhento,
seu próprio dragão doméstico.

113

Já se põe áspero,
estende de esquina
o cotovelo;
a sua voz azeda-se,
os seus olhos olham verdete.

114

O céu está em chamas,
o mar arreganha os dentes
para ti — o mar
cospe-nos.

115

So spricht jeder Feldherr:
«Gib weder dem Sieger
noch dem Besiegten Ruhe!»
....
ein Reisender in Waffen,
ungeduldig,
dass jemand ihn aufhalten könnte.

116

«Auch der Rauch ist zu etwas nütz»,
so spricht der Beduine, ich spreche es mit:
du Rauch, kündest du nicht
dem, der unterwegs ist,
die Nähe eines gastfreundlichen Herds?
....
ein müder Wanderer —
den mit hartem Gebell
ein Hund empfängt.

117

Das sind Krebse, mit denen habe ich kein Mitgefühl:
greifst du sie, so kneipen sie;
lässt du sie, geht's ruckwärts.

115

Assim fala todo o general:
«Não dês descanso
nem ao vencedor nem ao vencido!»
. . . .
um viajante em armas,
impaciente
de que alguém o possa deter.

116

«Também o fumo serve para alguma coisa»,
diz o Beduíno, e eu digo com ele:
Ó fumo, não anuncias tu
ao que vai de caminho
a vizinhança de um lar hospitaleiro?
. . . .
um viandante cansado —
que um cão recebe
com rijo ladrar.

117

São caranguejos por quem não tenho compaixão:
se lhes pegas, beliscam;
se os largas, andam às arrecuas.

118

Ein glitzernder tanzender Bach, den
ein krummes Bett
von Felsen einfing:
was macht ihn wieder frei?
Zwischen schwarzen Steinen
glänzt und zuckt seine Ungeduld.

119

Krumm gehen große Menschen und Ströme,
krumm, aber zu *ihrem* Ziele:
das ist ihr bester Mut,
sie fürchten sich vor krummen Wegen nicht.

120

Jenseits des Nordens, des Eises, des Heute,
Jenseits des Todes,
abseits:
unser Leben, *unser* Glück!
Weder zu Lande
noch zu Wasser
kannst du den Weg
zu den Hyperboreern finden:
von *uns* wahrsagte so ein weiser Mund.

118

Um regato cintilante e dançante,
que um leito torto
de rochedos prendeu:
que é que o liberta de novo?
Entre pedras pretas
brilha e palpita a sua impaciência.

119

Tortos andam os grandes homens e os rios,
tortos, mas para o *seu* destino:
é essa a sua melhor coragem,
não têm medo dos caminhos tortos.

120

Para além do norte, do gelo, do hoje,
para além da morte,
à parte:
a *nossa* vida, a *nossa* ventura!
nem por terra
nem por água
és capaz de achar
o caminho para os Hiperbóreos:
de *nós* assim profetizou uma boca sábia.

121

Willst du sie fangen?
Rede ihnen zu
als verirrten Schafen:
«Euren Weg, o euren Weg,
ihr habt ihn verloren!»
Sie folgen Jedem nach,
der so ihnen schmeichelt.
«Wie? hatten wir einen Weg?» —
reden sie zu sich heimlich:
«es scheint wirklich, wir hatten einen Weg!»

122

Nacht ist's: wieder über den Dächern
wandelt des Mondes feistes Antlitz.
Er, der eifersüchtigste allen Kater,
allen Liebenden blickt er eifersüchtig,
dieser blasse, fette «Mann im Monde».
Lüstern schleicht er um alle dunklen Ecken,
lehnt breit sich in halbverschlossene Fenster,
einem lüsternen, fetten Mönche gleich
geht frech er nachts auf verbotnen Wegen.

121

Queres agarrá-los?
Fala-lhes
como a ovelhas tresmalhadas:
«O vosso caminho, oh! o vosso caminho
perdeste-lo!»
Vão atrás de qualquer
que assim os lisonjeie.
«Como? pois tínhamos um caminho?» —
dizem de si para si, secretamente:
«Parece que em verdade tínhamos um caminho!»

122

É noite: de novo sobre os telhados
vagueia a cara gorda da lua.
Ele, o mais ciumento dos gatos,
olha com ciúme pra todos os amantes,
esse pálido, gordo «homem na lua».
Lascivo rasteja a todas as esquinas,
encosta-se à larga às janelas semi-cerradas,
tal como um frade lascivo e gordo
corre atrevido à noite caminhos proibidos.

123

FLEIß UND GENIE

Dem Fleißigen neid' ich seinen Fleiß:
goldhell und gleich fließt ihm der Tag herauf,
goldhell und gleich zurück,
hinab ins dunkle Meer, —
und um sein Lager blüht
Vergessen, gliederlösendes.

124

DAS HONIG-OPFER

Bringt Honig mir, eis-frischen Waben-Honig!
Mit Honig opfr' ich allem, was da schenkt,
was gönnt, was gütig ist —: erhebt die Herzen!

125

DAS EHERNE SCHWEIGEN

Fünf Ohren — und kein Ton darin!
Die Welt ward stumm…

Ich horchte mit dem Ohr meiner *Neugierde*:
fünf Mal warf ich die Angel über mich,
fünf Mal zog ich keinen Fisch herauf. —
Ich fragte, — keine Antwort lief mir ins Netz…

Ich horchte mit dem Ohr meiner *Liebe*:
. . . .

123

DILIGÊNCIA E GÉNIO

Ao diligente invejo-lhe a diligência:
de ouro claro, igual lhe vai crescendo o dia,
de ouro claro e igual torna a cair
para o mar escuro, —
e em volta do seu leito floresce
o esquecimento que deslassa os membros.

124

SACRIFÍCIO DE MEL

Trazei-me mel, mel de favo fresco e gelado!
Com mel sacrifico a tudo o que aí dá,
A tudo o que é favorável e benévolo —: corações ao alto!

125

SILÊNCIO DE BRONZE

Cinco orelhas — e nem um som lá dentro!
O mundo fez-se mudo...

Escutei com a orelha da minha *curiosidade*:
cinco vezes atirei por sobre mim o anzol,
cinco vezes o tirei sem agarrar um peixe. —
Perguntei — nenhuma resposta me caiu na rede...

Escutei com a orelha do meu *amor*:
. . . .

OUTROS POEMAS

ÜBER MEINER HAUSTÜR

Ich wohne in meinem eignen Haus,
Hab niemandem nie nichts nachgemacht
Und — lachte noch jeden Meister aus,
Der nicht sich selber ausgelacht.

*

MEIN GLÜCK

Seit ich des Suchens müde ward,
Erlernte ich das Finden.
Seit mir ein Wind hielt Widerpart,
Segl ich mit allen Winden.

*

POR CIMA DA MINHA PORTA

Vivo na minha própria casa,
Nunca imitei nada de ninguém
E — ainda me ri de todo o mestre
Que se não riu de si mesmo.

*

A MINHA VENTURA

Depois que me cansei de procurar,
Aprendi os inventos.
Desde que um vento me quis contrariar,
Navego com todos os ventos.

*

UNVERZAGT

Wo du stehst, grab tief hinein!
Drunten ist die Quelle!
Lass die dunklen Männer schrein:
«Stets ist drunten — Hölle!»

*

ZWIEGESPRÄCH

A. War ich krank? Bin ich genesen?
Und wer ist mein Arzt gewesen?
Wie vergaß ich alles das!
B. Jetzt erst glaub ich dich genesen:
Denn gesund ist, wer vergaß.

*

WELT-KLUGHEIT

Bleib nicht auf ebnem Feld!
Steig nicht zu hoch hinaus!
Am schönsten sieht die Welt
Von halber Höhe aus.

*

INTRÉPIDO

Onde estiveres, cava fundo!
Lá em baixo é que está a fonte!
Deixa gritar os homens escuros:
«Sempre é lá baixo — o inferno!»

*

DIÁLOGO

A. Estive doente? Estou já são?
Quem foi que me curou, então?
Como é que esquecer-me pude!
B. Começo a acreditar que já 'stás são:
Pois quem se esqueceu é que tem saúde.

*

ESPERTEZA DO MUNDO

Não fiques em terreno chão!
Não subas alto de mais!
De meia altura é que o mundo
Se apresenta mais bonito.

*

VADEMECUM — VADETECUM

Es lockt dich meine Art und Sprach,
Du folgest mir, du gehst mir nach?
Geh nur dir selber treulich nach: —
So folgst du mir — gemach! gemach!

*

BEI DER DRITTEN HÄUTUNG

Schon krümmt und bricht sich mir die Haut,
Schon giert mit neuem Drange,
So viel sie Erde schon verdaut,
Nach Erd in mir die Schlange.
Schon kriech ich zwischen Stein und Gras
Hungrig auf krummer Fährte,
Zu essen das, was stets ich aß,
Dich, Schlangenkost, dich, Erde!

*

MEINE ROSEN

Ja! Mein Glück — es will beglücken —
Alles Glück will ja beglücken!
Wolt ihr meine Rosen pflücken?

VADEMECUM — VADETECUM

Atraem-te o meu modo e a minha língua?
Segues-me? Vens atrás de mim?
Segue fiel atrás de ti mesmo: —
Assim me seguirás — devagar! devagar!

*

NA TERCEIRA MUDA

Já se me enruga e me estala a pele,
Já lhe apetece, com cobiça nova,
Por mais terra que comesse já,
A terra, em mim, à cobra.
Já rastejo entre calhaus e ervas
Faminto sobre trilho tortuoso,
Para comer o que sempre comi:
A ti, mantença de cobras, a ti, terra!

*

AS MINHAS ROSAS

A minha ventura, sim! — quer dar ventura —,
Toda a ventura só quer dar ventura!
Quereis colher as minhas rosas?

Müsst euch bücken und verstecken
Zwischen Fels und Dornenhecken,
Oft die Fingerchen euch lecken!

Denn mein Glück — es liebt das Necken!
Denn mein Glück — es liebt die Tücken! —
Wollt ihr meine Rosen pflücken?

*

DER VERÄCHTER

Vieles lass ich falln und rollen,
Und ihr nennt mich drum Verächter.
Wer da trinkt aus allzuvollen
Bechern, lässt viel falln und rollen —,
Denkt vom Weine drum nicht schlechter.

*

DAS SPRICHWORT SPRICHT

Scharf und milde, grob und fein,
Vertraut und seltsam, schmutzig und rein,
Der Narren und Weisen Stelldichein:
Dies alles bin ich, will ich sein.
Taube zugleich, Schlange und Schwein!

*

Tereis de curvar-vos e esconder-vos
Entre rochas e espinheiros,
E chupar muitas vezes os dedinhos!

Porque a minha ventura — gosta de arreliar!
Porque a minha ventura — gosta de artimanhas!
Quereis colher as minhas rosas?

*

O ESCARNINHO

Deixo cair muitas coisas e rolar.
Por isso vós me chamais escarninho.
Quem bebe por copos muito cheios,
Muito ele deixa cair e rolar —,
Mas nem por isso pensa mal do vinho.

*

FALA O PROVÉRBIO

Acerbo e doce, grosseiro e fino,
Confiado e estranho, sujo e limpo,
Prazo-dado de sábios e de loucos:
Tudo isto eu sou e quero ser,
A um tempo pomba, cobra e porco.

*

AN EINEN LICHTFREUND

Willst du nicht Aug und Sinn ermatten,
Lauf auch der Sonne nach im Schatten!

*

FUR TÄNZER

Glattes Eis
Ein Paradeis
Für den, der gut zu tanzen weiss.

*

DER BRAVE

Lieber aus ganzem Holz eine Feindschaft
Als eine geleimte Freundschaft!

*

AUFWÄRTS

«Wie komm ich am besten den Berg hinan?» —
Steig nur hinauf und denk nicht dran!

*

A UM AMIGO DA LUZ

Se não queres estafar o espírito e o olhar,
Vai sempre atrás do Sol — mesmo na sombra!

*

PARA QUEM SOUBER DANÇAR

Gelo liso,
Um paraíso
Para quem souber dançar.

*

O BRAVO

Antes de uma só peça um inimigo
Que de peças grudadas um amigo.

*

PRA O ALTO

«Qual o melhor modo de subir a este monte?»
Sobe sempre e não penses nisso.

*

SPRUCH DES GEWALTMENSCHEN

Bitte nie! Lass dies Gewimmer!
Nimm, ich bitte dich, nimm immer!

*

SCHMALE SEELEN

Schmale Seelen sind mir verhasst:
Da steht nichts Gutes, nichts Böses fast.

*

ZUR ERWÄGUNG

Zwiefacher Schmerz ist leichter zu tragen
Als *ein* Schmerz: willst du darauf es wagen?

*

INTERPRETATION

Leg ich mich aus, so leg ich mich hinein:
Ich kann nicht selbst mein Interprete sein.
Doch wer nur steigt auf seiner eignen Bahn,
Trägt auch mein Bild zu hellerm Licht hinan.

*

SENTENÇA DO VIOLENTO

Nunca peças! Deixa essa lamúria!
Toma — peço-te! — toma sempre!

*

ALMAS ESTREITAS

São-me odiosas as almas estreitas:
De nada bom, quase de nada mau são feitas.

*

PARA PONDERAR

Dor dobrada é mais fácil de aturar
Do que *uma só* dor: — Queres-te arriscar?

*

INTERPRETAÇÃO

Se me explico, então me implico:
A mim mesmo não me posso interpretar.
Mas quem suba sempre o seu próprio caminho,
A minha imagem leva a uma luz mais clara.

*

PESSIMISTEN-ARZNEI

Du klagst, dass nichts dir schmackhaft sei?
Noch immer, Freund, die alten Mucken?
Ich hör dich lästern, lärmen, spucken —
Geduld und Herz bricht mir dabei.
Folg mir, mein Freund! Entschließ dich frei,
Ein fettes Krötchen zu verschlucken,
Geschwind und ohne hinzugucken! —
Das hilft dir von der Dyspepsei!

*

MEINE HÄRTE

Ich muss weg über hundert Stufen,
Ich muss empor und hör euch rufen:
«Hart bist du! Sind wir denn von Stein?» —
Ich muss weg über hundert Stufen,
Und niemand möchte Stufe sein.

*

MEZINHA DE PESSIMISTAS

Queixas-te de que nada te sabe bem?
Continuas, Amigo, co'as mesmas manias?
Barafustas, cospes, injurias —
Paciência e coração se me não contêm.
Dou-te um conselho, Amigo: Vê se um dia
Consegues engolir um sapo bem gordinho,
De repente e sem olhar um instantinho!
Vais ver como te passa essa dispepsia!

*

A MINHA DUREZA

Por sobre cem degraus tenho de avançar,
Tenho de subir — e ouço-vos gritar:
«És duro! Acaso somos feitos de calhau?»
Por sobre cem degraus tenho de avançar,
E ninguém gosta de servir de degrau.

*

DER WANDRER

«Kein Pfad mehr! Abgrund rings und Totenstille!» —
So wolltest dus! Vom Pfade wich dein Wille!
Nun, Wandrer, gilts! Nun blicke kalt und klar!
Verloren bist du, glaubst du — an Gefahr.

*

STERNEN-EGOISMUS

Rollt ich mich rundes Rollefass
Nicht um mich selbst ohn Unterlass,
Wie hielt ichs aus, ohne anzubrennen,
Der heissen Sonne nachzurennen?

*

DER NÄCHSTE

Nah hab den Nächsten ich nicht gerne:
Fort mit ihm in die Höh und Ferne!
Wie würd er sonst zu meinem Sterne? —

*

O CAMINHANTE

«Nenhum caminho já! Abismo e silêncio de morte!»
Assim quiseste! Fugiste do caminho!
Ora pois, caminheiro! Olha agora frio e claro!
Estás perdido, se acreditas — no perigo.

*

EGOÍSMO DE ESTRELA

Se eu, pipa redonda, não rolasse
À volta de mim mesma sem cessar,
Como aguentaria, sem que me inflamasse,
Seguir atrás do Sol ardente sem parar?

*

O PRÓXIMO

O próximo não gosto de o ter próximo:
Lá pra o alto e bem pra longe!
De outro modo, como seria ele a minha estrela?

*

DER VERKAPPTE HEILIGE

Dass dein Glück uns nicht bedrücke,
Legst du um dich Teufelstücke,
Teufelswitz und Teufelskleid.
Doch umsonst! Aus deinem Blicke
Blickt hervor die Heiligkeit!

*

DER UNFREIE

A. Er steht und horcht: was konnt ihn irren?
Was hört er vor den Ohren schwirren?
Was wars, das ihn darniederschlug?
B. Wie jeder, der einst Ketten trug,
Hört uberall er — Kettenklirren.

*

SENECA ET HOC GENUS OMNE

Das schreibt und schreibt sein unaussteh-
lich weises Larifari,
Als gälte es *primum scribere*,
Deinde philosophari.

*

SANTO DISFARÇADO

Pra que a tua ventura nos não pese,
Embrulhas-te em manhas de diabo,
Finura de diabo, vestidos de diabo.
Mas em vão! Do teu olhar
Espreita sempre a Santidade!

*

GALEOTE

A. Fica parado à escuta: O que é que o perturbou?
O que foi que aos ouvidos lhe zuniu?
O que é que foi que por terra o prostrou?
B. Como todo o que já usou grilhões,
Tudo o que ouve é — tinir de grilhões.

*

SENECA ET HOC GENUS OMNE

Escrevem e escrevem o seu insupor-
tável sábio Larifari,
Como se se tratasse de *primum scribere*,
Deinde philosophari.

*

EIS

Ja! Mitunter mach ich Eis:
Nützlich ist Eis zum Verdauen!
Hättet ihr viel zu verdauen,
Oh wie liebtet ihr mein Eis!

*

DER FROMME SPRICHT

Gott liebt uns, *weil* er uns erschuf! —
«Der Mensch schuf Gott!» — sagt drauf ihr Feinen.
Und soll nicht lieben, was er schuf?
Solls gar, *weil* er es schuf, verneinen?
Das hinkt, das trägt des Teufels Huf.

*

OHNE NEID

Ja, neidlos blickt er: und ihr ehrt ihn drum?
Er blickt sich nicht nach euren Ehren um;
Er hat des Adlers Auge für die Ferne,
Er sieht euch nicht! — er sieht nur Sterne, Sterne!

*

GELO

Sim! por vezes faço gelo:
Gelo é bom pra esmoer!
Se tivésseis de esmoer,
Oh! como amaríeis o meu gelo!

*

FALA O DEVOTO

Deus ama-nos, *porque* nos criou! —
«O homem criou Deus!» replicais vós, finórios.
E não há-de ele amar o que criou?
E há-de, *porque* o criou, negá-lo?
Isso manqueja, é do casco do Diabo.

*

SEM INVEJA

Sim, olha sem inveja: e por isso o honrais?
Nem sequer se volta para as vossas honras;
Tem olhos de águia para o longe.
Não vos vê! — só vê estrelas, estrelas!

*

HERAKLITISMUS

Alles Glück auf Erden,
Freunde, gibt der Kampf!
Ja, um Freund zu werden,
Braucht es Pulverdampf!
Eins in Drein sind Freunde:
Brüder vor der Not,
Gleiche vor dem Feinde,
Freie — vor dem Tod!

*

ZUSPRUCH

Auf Ruhm hast du den Sinn gericht?
Dann acht der Lehre:
Beizeiten leiste frei Verzicht
Auf Ehre!

*

URTEILE DER MÜDEN

Der Sonne fluchen alle Matten;
Der Bäume Wert ist ihnen — Schatten!

*

HERACLITISMO

Da terra toda a sorte
A luta a dá, Amigos!
Sim, pra se ser amigo
Fumo de pólvora é preciso!
Uma das três são os amigos:
Irmãos ante o perigo,
Iguais ante o inimigo,
Livres — ante a morte!

*

CONSELHO

Puseste na glória o tento?
Atenta então na teoria:
Renuncia livremente e a tempo
À honraria!

*

JUÍZOS DOS CANSADOS

Todos os fatigados praguejam contra o Sol;
O valor das árvores para eles é — sombra!

*

NIEDERGANG

«Er sinkt, er fällt jetzt» — höhnt ihr hin und wieder;
Die Wahrheit ist: er steigt zu euch hernieder!

Sein Überglück ward ihm zum Ungemach,
Sein Überlicht geht eurem Dunkel nach.

*

GEGEN DIE GESETZE

Von heut an hängt an härner Schnur
Um meinen Hals die Stunden-Uhr;
Von heut an hört der Sterne Lauf,
Sonn, Hahnenschrei und Schatten auf,
Und was mir je die Zeit verkündt,
Das ist jetzt stumm und taub und blind: —
Es schweigt mir jegliche Natur
Beim Ticktack von Gesetz und Uhr.

*

DER WEISE SPRICHT

Dem Volke fremd und nutzlich doch dem Volke,
Zieh ich des Weges, Sonne bald, bald Wolke —
Und immer über diesem Volke!

*

OCASO

«Vai já pôr-se, agora cai» — zombais vós de quando em quando;
Mas a verdade é esta: é pra vós que ele vai baixando!

Seu excesso de ventura tornou-se-lhe incomodidade,
Seu excesso de luz persegue a vossa escuridade.

*

CONTRA AS LEIS

A partir de hoje, pende-me ao pescoço,
De um fio de cabelo, o relógio das horas:
A partir de hoje, cessa o curso dos astros,
E o sol, e o cantar do galo e as sombras;
E o que o tempo jamais me anunciou
É agora surdo e mudo e cego: —
Toda a Natureza agora se me cala
Ao tique-taque da lei e do relógio.

*

FALA O SÁBIO

Estranho ao povo e contudo útil ao povo,
Sigo o meu caminho, ora sol, ora nuvem —
E sempre acima deste povo!

*

«MENSCHLICHES, ALLZUMENSCHLICHES». EIN BUCH

Schwermütig scheu, solang du rückwärts schaust,
Der Zukunft trauend, wo du selbst dir traust:
O Vogel, rechn ich dich den Adlern zu?
Bist du Minervas Liebling U-hu-hu?

*

DICHTER-EITELKEIT

Gebt mir Leim nur: denn zum Leime
Find ich selber mir schon Holz!
Sinn in vier unsinnge Reime
Legen — ist kein kleiner Stolz!

*

WÄHLERISCHER GESCHMACK

Wenn man frei mich wählen liesse,
Wählt ich gern ein Plätzchen mir
Mitten drin im Paradiese:
Gerner noch — vor seiner Tür!

*

«HUMANO, POR DE MAIS HUMANO». UM LIVRO

Melancólico e tímido, enquanto olhas pra trás,
Confiante no futuro, logo que em ti confias:
Ó Pássaro, hei-de contar-te entre as águias?
És o mocho dilecto de Minerva?

*

VAIDADE DE POETA

Dai-me grude — que a madeira
Eu mesmo a hei-de encontrar!
Em quatro rimas sem senso
Meter senso — é de orgulhar!

*

GOSTO BIQUEIRO

Se tivesse liberdade de escolher,
Escolhia um bom cantinho
Mesmo no meio do Paraíso:
Melhor ainda — cá fora, em frente à porta!

*

HÖHERE MENSCHEN

Der steigt empor — ihn soll man loben!
Doch jener kommt allzeit von oben!
Der lebt dem Lobe selbst enthoben,
Der *ist* von droben!

*

DER SKEPTIKER SPRICHT

Halb ist dein Leben um,
Der Zeiger rückt, die Seele schaudert dir!
Lang schweift sie schon herum
Und sucht, und fand nicht — und sie zaudert hier?

Halb ist dein Leben um:
Schmerz wars und Irrtum, Stund um Stund dahier!
Was suchst du noch? *Warum*? — —
Dies eben such ich — Grund um Grund dafür!

*

HOMENS SUPERIORES

Este sobe — é pra ele nosso louvor!
No entanto, aquele vem sempre lá de cima!
Vive liberto mesmo do louvor,
Ele *é* de lá de cima!

*

FALA O CÉPTICO

Metade da tua vida está passada,
O ponteiro avança, a alma te estremece!
Há muito tempo já ela anda desgarrada
E busca, e não achou — porque é que inda permanece?

Metade da tua vida está passada:
Dor e erro ela foi, hora a hora coada!
Que é que buscas ainda? *Que razão*?
Isso mesmo é que busco — razão dessa razão!

*

ECCE HOMO

Ja! Ich weiß, woher ich stamme!
Ungesättigt gleich der Flamme
Glühe und verzehr ich mich.
Licht wird alles, was ich fasse,
Kohle alles, was ich lasse:
Flamme bin ich sicherlich.

*

STERNEN-MORAL

Vorausbestimmt zur Sternenbahn,
Was geht dich, Stern, das Dunkel an?

Roll selig hin durch diese Zeit!
Ihr Elend sei dir fremd und weit!

Der fernsten Welt gehört dein Schein:
Mitleid soll Sünde für dich sein!

Nur *ein* Gebot gilt dir: sei rein!

*
* *

ECCE HOMO

Sim, bem sei donde provenho:
Insatisfeito, como chama em seco lenho,
Vou ardendo e me consumo.
Tudo o que toco faz-se luz e fumo,
Fica em carvão o que foi minha presa:
Sim, sou chama com certeza.

*

MORAL DE ESTRELA

Predestinada à carreira de astro,
Que te importa, Estrela, a escuridão?

Rola feliz através deste tempo!
Longe e alheia te fique a sua miséria!

O teu brilho pertence aos mundos mais distantes:
Pecado seja para ti a compaixão!

Um só mandamento vale pra ti: Sê pura!

*
*   *

IM SÜDEN

So häng ich denn auf krummem Aste
Und schaukle meine Müdigkeit.
Ein Vogel lud mich her zu Gaste,
Ein Vogelnest ists, drin ich raste.
Wo bin ich doch? Ach, weit! Ach, weit!

Das weisse Meer liegt eingeschlafen,
Und purpurn steht ein Segel drauf.
Fels, Feigenbäume, Turm und Hafen,
Idylle rings, Geblök von Schafen, —
Unschuld des Südens, nimm mich auf!

Nur Schritt für Schritt — das ist kein Leben,
Stets Bein vor Bein macht deutsch und schwer.
Ich hiess den Wind mich aufwärts heben,
Ich lernte mit den Vögeln schweben, —
Nach Süden flog ich übers Meer.

NO SUL

Eis-me suspenso em ramo torto,
Baloiçando o meu cansaço.
Sou hóspede de uma ave,
E é num ninho que eu repouso.
Onde é que estou? Ai, longe! longe!

O branco mar jaz a dormir,
Nele uma vela cor de púrpura.
Rochas, figueiras, torre e porto,
Idílio em volta, balidos de ovelhas, —
Inocência do Sul, a ti me acolhe!

Só passo a passo — isso não é vida,
Sempre pé ante pé faz alemão e pesado.
Disse ao vento que me erguesse ao alto,
Aprendi a pairar com as aves, —
Voei pra o Sul por sobre o mar.

Vernunft! Verdriessliches Geschäfte!
Das bringt uns allzubald ans Ziel!
Im Fliegen lernt ich, was mich äffte, —
Schon fühl ich Mut und Blut und Säfte
Zu neuem Leben, neuem Spiel...

Einsam zu denken nenn ich weise,
Doch einsam singen — wäre dumm!
So hört ein Lied zu eurem Preise
Und setzt euch still um mich im Kreise,
Ihr schlimmen Vögelchen, herum!

So jung, so falsch, so umgetrieben
Scheint ganz ihr mir gemacht zum Lieben
Und jedem schönen Zeitvertreib?
Im Norden — ich gestehs mit Zaudern —
Liebt ich ein Weibchen, alt zum Schaudern:
«Die Wahrheit» hiess dies alte Weib...

*

Razão! Enfadonha ocupação!
Depressa de mais nos leva à meta!
A voar aprendi o que de mim troçava, —
Sinto já coragem, sangue e seiva
Pra vida nova, novo jogo…

Pensar a sós — isso é de sábio;
Mas, cantar sozinho — que estupidez!
Ora, ouvi uma cantiga em vosso louvor,
Sentai-vos caladinhos à minha volta,
Passarinhos marotos, em meu redor!

Tão jovens, falsos, dissolutos
Me par'ceis mesmo feitos para amar
E pra qualquer bonito passatempo?
Lá no Norte — confesso-o a hesitar —
Amei uma mulher, velha de horrorizar:
«Verdade» se chamava esse estafermo…

*

DER GEHEIMNISVOLLE NACHEN

Gestern nachts, als alles schlief,
Kaum der Wind mit ungewissen
Seufzern durch die Gassen lief,
Gab mir Ruhe nicht das Kissen,
Noch der Mohn, noch, was' sonst tief
Schlafen macht, — ein gut Gewissen.

Endlich schlug ich mir den Schlaf
Aus dem Sinn und lief zum Strande.
Mondhell wars und mild, ich traf
Mann und Kahn auf warmem Sande,
Schläfrig beide, Hirt und Schaf: —
Schläfrig stieß der Kahn vom Lande.

Eine Stunde, leicht auch zwei,
Oder wars ein Jahr? — da sanken
Plötzlich mir Sinn und Gedanken
In ein ewges Einerlei,
Und ein Abgrund ohne Schranken
Tat sich auf: — da wars vorbei!

A BARCA MISTERIOSA

Ontem à noite, quando tudo já dormia
E o vento, com suspiros indecisos,
Pelas vielas mal corria,
Nenhum repouso me dava o travesseiro,
Nem a papoula nem o que de resto
Dá sono profundo — a consciência tranquila.

Expulsei por fim da ideia o sono
E corri para a praia. Havia luar
E o tempo estava ameno, — encontrei
Homem e barco sobre a areia quente,
Sonolentos ambos, pastor e ovelha: —
Sonolento o barco se afastou de terra.

Uma hora, talvez mesmo duas,
Ou foi um ano? — Então, de súbito,
Espírito e pensamentos mergulharam
Numa eterna monotonia,
E um abismo sem limites
Se abriu: — e tudo acabou!

— Morgen kam: auf schwarzen Tiefen
Steht ein Kahn und ruht und ruht...
Was geschah? so riefs, so riefen
Hundert bald: was gab es? Blut? — —
Nichts geschah! Wir schliefen, schliefen
Alle — ach, so gut! so gut!

*

— A manhã chegou: sobre profundas negras
Está um barco que repousa, repousa…
Que aconteceu? Ouviu-se um grito, e, em breve,
Mais cem gritos: Que houve? Sangue? — —
Nada aconteceu! Dormimos, dormimos
Todos — ai, tão bem! tão bem!

*

VOGEL ALBATROSS

O Wunder! Fliegt er noch?
Er steigt empor, und seine Flügel ruhn!
Was hebt und trägt ihn doch?
Was ist ihm Ziel und Zug und Zügel nun?

Er flog zu höchst — nun hebt
Der Himmel selbst den siegreich Fliegenden:
Nun ruht er still und schwebt,
Den Sieg vergessend und den Siegenden.

Gleich Stern und Ewigkeit
Lebt er in Höhn jetzt, die das Leben flieht,
Mitleidig selbst dem Neid:
Und hoch flog, wer ihn auch nur schweben sieht!

O Vogel Albatross!
Zur Höhe treibts mit ewgem Triebe mich.
Ich dachte dein: da floss
Mir Trän um Träne, — ja, ich liebe dich!

*

O ALBATRÓS

Que maravilha! Voa ele ainda?
Continua a subir, e co'as asas paradas!
Que é que o levanta e aguenta?
Qual é o seu fito, o seu curso, as suas rédeas?

Voou ao máximo — agora é o próprio céu
Que ergue ao alto o que voa triunfante:
Fica agora parado a pairar,
Esquecendo o triunfo e o que triunfa.

Como a estrela e a eternidade,
Vive agora em alturas de que a vida foge,
Com dó mesmo da inveja:
E alto voou mesmo quem só o vê pairar!

Ó pássaro Albatrós!
Um eterno desejo me impele pra as alturas.
Pensei em ti: e então correu
Lágrima após lágrima, — sim, amo-te!

*

RIMUS REMEDIUM

Oder: Wie kranke Dichter sich trösten

Aus deinem Munde,
Du speichelflüssige Hexe Zeit,
Tropft langsam Stund auf Stunde
Umsonst, dass all mein Ekel schreit:
«Fluch, Fluch dem Schlunde
Der Ewigkeit!»

«Welt — ist von Erz:
Ein glühender Stier, — der hört kein Schrein.
Mit fliegenden Dolchen schreibt der Schmerz
Mir ins Gebein:
«Welt hat kein Herz,
Und Dummheit wärs, ihr gram drum sein!»

Gieß alle Mohne,
Gieß Fieber! Gift mir ins Gehirn!
Zu lang schon prüfst du mir Hand und Stirn.
Was frägst du? Was? «Zu welchem — Lohne?»
— Ha! Fluch der Dirn
Und ihrem Hohne!

RIMUS REMEDIUM

Ou: Como os poetas doentes se consolam

Da tua boca,
Ó Tempo, bruxa babosa!
Pinga lentamente hora após hora.
Em vão todo o meu nojo grita:
«Maldita, maldita
Goela da Eternidade!»

O mundo — é de bronze:
Um touro em brasa, — é surdo aos gritos.
Com punhais alados a Dor escreve
Nos meus ossos:
«O mundo não tem coração,
E estupidez seria ter-lhe rancor por isso!»

Verte as papoulas todas,
Verte febre! veneno no meu cérebro!
Há tempo de mais me provas já a mão e a fronte.
Que perguntas? O quê? «Para que — galardão?»
— Ah! maldita galdéria
Mais o seu sarcasmo!

Nein! Komm zurück!
Draußen ists kalt, ich höre regnen —
Ich sollte dir zärtlicher begegnen?
— Nimm! hier ist Gold: wie glänzt das Stück! —
Dich heißen «Glück»?
Dich, Fieber, segnen? —

Die Tür springt auf!
Der Regen sprüht nach meinem Bette!
Wind löscht das Licht, — Unheil in Hauf!
— Wer jetzt nicht hundert *Reime* hätte,
Ich wette, wette,
Der ginge drauf!

*

Não! Volta cá!
Lá fora faz frio, ouço cair a chuva —
Que seja mais meigo contigo?
— Toma! Aqui tens ouro: olha como a moeda brilha! —
Que te chame «Ventura»?
Que te abençoe, febre?

A porta salta!
A chuva esguicha até à minha cama!
O vento apaga a luz, — desgraça sobre desgraça!
— Quem agora não tivesse uma centena de *rimas*,
Aposto, aposto
Que estava perdido!

*

NACH NEUEN MEEREN

Dorthin — *will* ich; und ich traue
Mir fortan und meinem Griff.
Offen liegt das Meer, ins Blaue
Treibt mein Genueser Schiff.

Alles glänzt mir neu und neuer.
Mittag schläft auf Raum und Zeit —:
Nur *dein* Auge — ungeheuer
Blickt michs an, Unendlickeit!

*

PARA NOVOS MARES

Para lá — *quero* eu ir; e em mim
E nos meus pulsos confio.
Aberto o mar, para o azul
Vara de Génova o meu navio.

Tudo novo e mais novo aos olhos brilha,
Por sobre Espaço e Tempo o Meio-dia dorme —:
Só o *teu* olhar, ó Infinidade!,
Olha pra mim, enorme!

*

SILS-MARIA

Hier saß ich, wartend, wartend, — doch auf nichts,
Jenseits von Gut und Böse, bald des Lichts
Geniessend, bald des Schattens, ganz nur Spiel,
Ganz See, ganz Mittag, ganz Zeit ohne Ziel.
  Da, plötzlich, Freundin! wurde eins zu zwei —
  — Und Zarathustra ging an mir vorbei...

*

SILS-MARIA

Aqui estive eu, esperando, esperando
— Por nada, pra além de Bem e Mal,
Ora luz, ora sombra gozando,
Só jogo, só lago, só meio-dia, só tempo sem final.
De repente, Amiga, o Um volveu-se em Dois —
— E Zaratustra passou por mim depois...

*

AN DEN MISTRAL

Ein Tanzlied

Mistral-Wind, du Wolken-Jäger,
Trübsal-Mörder, Himmels-Feger,
Brausender, wie lieb ich dich!
Sind wir zwei nicht eines Schosses
Erstlingsgabe, eines Loses
Vorbestimmte ewiglich?

Hier auf glatten Felsenwegen
Lauf ich tanzend dir entgegen,
Tanzend, wie du pfeifst und singst:
Der du ohne Schiff und Ruder
Als der Freiheit freister Bruder
Über wilde Meere springst.

Kaum erwacht, hört ich dein Rufen,
Stürmte zu den Felsenstufen,
Hin zur gelben Wand am Meer.
Heil! Da kamst du schon gleich hellen
Diamantnen Stromesschnellen
Sieghaft von den Bergen her.

AO MISTRAL

Canção bailada

Vento Mistral, caçador de nuvens,
Matador de tristezas, varredor dos céus,
Rugidor, oh! como eu te amo!
Não somos ambos primogénitos
Do mesmo ventre, predestinados
Eternos do mesmo destino?

Aqui sobre sendas lisas de rochas,
Ao teu encontro corro a dançar,
A dançar como tu assobias e cantas:
Tu que, sem navio nem remo,
Como o mais livre irmão da Liberdade
Saltas por sobre mares embravecidos.

Mal acordara, ouvi o teu apelo,
Para os rochedos me precipitei,
Para a falésia amarela do mar.
Salvè! Eis vinhas tu já, como os claros
Rápidos adamantinos dum rio,
Vitorioso dos altos montes.

Auf den ebnen Himmels-Tennen
Sah ich deine Rosse rennen,
Sah den Wagen, der dich trägt,
Sah die Hand dir selber zücken,
Wenn sie auf der Rosse Rücken
Blitzesgleich die Geissel schlägt, —

Sah dich aus dem Wagen springen,
Schneller dich hinabzuschwingen,
Sah dich wie zum Pfeil verkürzt
Senkrecht in die Tiefe stoßen, —
Wie ein Goldstrahl durch die Rosen
Erster Morgenröten stürzt.

Tanze nur auf tausend Rücken,
Wellen-Rücken, Wellen-Tücken —
Heil, wer *neue* Tänze schafft!
Tanzen wir in tausend Weisen,
Frei — sei *unsre* Kunst geheissen,
Fröhlich — *unsre* Wissenschaft!

Raffen wir von jeder Blume
Eine Blüte uns zum Ruhme
Und zwei Blätter noch zum Kranz!
Tanzen wir gleich Troubadouren
Zwischen Heiligen und Huren,
Zwischen Gott und Welt den Tanz!

Nas eiras planas dos céus
Vi correr os teus corcéis,
Vi o carro que te leva,
Vi a tua mão crispar-se
Para lhes zurzir os lombos
C'o chicote, como um raio. —

Do carro te vi saltar,
Pra desceres inda mais rápido.
Vi-te, a flecha reduzido,
Cair a fundo no fundo, —
Raio de ouro trespassando
Rosas da primeira aurora.

Dança sobre dorsos mil,
Dorsos de ondas, manhas de ondas —
Salve quem cria *novas* danças!
Dancemos de mil maneiras,
Livre se chame a *nossa* arte,
Alegre a *nossa* ciência!

Tiremos de cada flor
Um botão pra a nossa glória,
Mais duas folhas pra a coroa!
Dancemos quais trovadores
Entre santos, prostitutas,
Entre Deus e mundo — a dança!

Wer nicht tanzen kann mit Winden,
Wer sich wickeln muss mit Binden,
Angebunden, Krüppel-Greis,
Wer da gleicht den Heuchel-Hänsen,
Ehren-Tölpeln, Tugend-Gänsen,
Fort aus unsrem Paradeis!

Wirbeln wir den Staub der Strassen
Allen Kranken in die Nasen,
Scheuchen wir die Kranken-Brut!
Lösen wir die ganze Küste
Von dem Odem dürrer Brüste,
Von den Augen ohne Mut!

Jagen wir die Himmels-Trüber,
Welten-Schwärzer, Wolken-Schieber,
Hellen wir das Himmelreich!
Brausen wir... oh aller freien
Geister Geist, mit dir zu zweien
Braust mein Glück dem Sturme gleich. —

— Und dass ewig das Gedächtnis
Solchen Glücks, nimm sein Vermächtnis,
Nimm den *Kranz* hier mit hinauf!
Wirf ihn höher, ferner, weiter,
Stürm empor die Himmelsleiter,
Häng ihn — an den Sternen auf!

*
*   *

Quem não sabe dançar c'os ventos,
Quem tem de embrulhar-se em faixas,
Atado, qual velho trôpego,
Quem se assemelha aos Tartufos,
Lapuzes de honras, gansos da virtude,
Fora do nosso Paraíso!

Redemoinhemos o pó das 'stradas
Pra as ventas de todos os doentes,
'Spantemos a raça mórbida!
Libertemos toda a costa
Do bafo dos peitos secos,
Dos olhares sem coragem!

Expulsemos quem turva os céus,
Enegrece os mundos, empurra as nuvens,
Aclaremos o reino dos céus!
Bramemos... ó 'spírito de todos
Os 'spíritos livres, a teu lado
Brama a minha ventura como a tempestade. —

E pra que eterna a memória
Desta ventura seja, toma a *c'roa*,
Seu legado, contigo lá para o alto!
Lança-a mais alto, mais longe.
Escala a escada do céu,
Dependura-a — nas estrelas!

*

*   *

SPIEL DER GEDANKEN...

Spiel der Gedanken, es führt
eine der Grazien dich:
o wie weidest den Sinn du mir!
— Weh! was seh ich? Es fällt
Larve und Schleier der Führerin,
und voran dem Reigen
schreitet die grause Notwendigkeit.

*

JOGO DOS PENSAMENTOS...

Ó jogo dos pensamentos, uma
das Graças é que te conduz:
Oh! como me deleitas o espírito!
— Mas, ai! que vejo? Cai
máscara e véu à guia,
e à cabeça da roda
marcha a cruel Necessidade.

*

UNTER FREUNDEN

Ein Nachspiel

1

Schön ists, miteinander schweigen,
Schöner, miteinander lachen,—
Unter seidenem Himmels-Tuche
Hingelehnt zu Moos und Buche
Lieblich laut mit Freunden lachen
Und sich weiße Zähne zeigen.

Macht' ich's gut, so wolln wir schweigen;
Macht' ich's schlimm —, so wolln wir lachen
Und es immer schlimmer machen,
Schlimmer machen, schlimmer lachen,
Bis wir in die Grube steigen.

Freunde! Ja! So solls geschehn?
Amen! Und auf Wiedersehn!

ENTRE AMIGOS

(Epílogo)

1

Belo é — calar em comum,
Inda mais belo — rir em comum, —
Sob o lençol de seda do céu,
Debruçado para o musgo ou para um livro,
Rir alto com os amigos
E mostrar uns aos outros dentes alvos.

Se é bom o que fiz — então calemo-nos
Mas se é mau — vamos então rir
E fazer ainda pior,
Fazer pior, rir pior,
Até tombarmos na cova.

Amigos! Sim! Quereis assim?
Amen! E até à vista!

2

Kein Entschuldgen! Kein Verzeihen!
Gönnt ihr Frohen, Herzens-Freien
Diesem unvernünftgen Buche
Ohr und Herz und Unterkunft!
Glaubt mir, Freunde, nicht zum Fluche
Ward mir meine Unvernunft!

Was *ich* finde, was *ich* suche —,
Stand das je in einem Buche?
Ehrt in mir die Narren-Zunft!
Lernt aus diesem Narrenbuche,
Wie Vernunft kommt — «zur Vernunft»!

Also, Freunde, solls geschehn? —
Amen! Und auf Wiedersehn!

*

2

Nada de desculpa! Nada de perdão!
Se, alegres e livres de coração,
Dais ouvidos, coração e abrigo
A este livro sem razão,
Crede, Amigos, não foi maldição
Esta minha sem-razão.

O que *eu* encontro, o que *eu* procuro —,
Esteve jamais em livro algum?
Honrai em mim o grémio dos loucos!
E aprendei deste livro de louco
Como a razão chega — «à razão»!

Ora pois, Amigos, quereis assim?
Amen! E até à vista!

*

AN DIE FREUNDSCHAFT

Freundschaft, Göttin,
höre gnädig das Lied,
das wir jetzt singen der Freundschaft!
Wohin auch blickt das Auge der Freunde,
übervoll vom Glücke der Freundschaft,
hilfreich nahst du uns,
Morgenrot im Blick,
und ewiger Jugend treues Pfand
in der heilgen Rechten.

Heil dir, Freundschaft!
Meiner höchsten Hoffnung
erste Morgenröte!

Ach, ohn Ende
schien oft Pfad und Nacht mir,
alles Leben
ziellos und verhasst!
Zweimal will ich leben,
nun ich schau in deiner Augen
Morgenglanz und Sieg,
Du liebste Göttin!

À AMIZADE

Amizade, ó Deusa,
ouve, propícia, a canção
que agora nós cantamos à amizade!
Pra onde quer que olhem os olhos dos amigos,
repletos da ventura da amizade,
compassiva te aproximas,
aurora no olhar,
fiel penhor de eterna juventude
na mão sagrada.

Salvè, Amizade!
Primeiro alvorecer
da minha suprema esperança!

Ai, infindo
me pareceu muitas vezes o caminho e a noite,
a vida toda
sem fito e odiada!
Quero viver duas vezes
agora que contemplei a aurora e o triunfo
dos teus olhos,
ó Deusa amada!

Heil dir, Freundschaft,
meines Schicksals Bürgin,
fernen Siegs Gewähr und Vorspiel!
Mag die Zukunft Schlimmstes bergen,
Schmerz und Qual und bittre Feindschaft.
Nimmer zag ich,
siegreich bleibt mein Leben,
glüht sein Abend einst unendlich
in deiner Sonne.

*

Salvè, Amizade,
garante do meu destino,
fiança e prelúdio do meu longínquo triunfo!
Pode o futuro esconder o pior,
dor e tortura e amarga inimizade.
Já não desfaleço,
que a minha vida continua triunfal,
e o meu entardecer vai brilhar infinito
ao teu sol.

*

MORGEN IST VORBEI...

Morgen ist vorbei, und Mittag
senget heißen Blicks das Haupt;
lasset uns in Lauben sitzen
und der Freundschaft Lieder singen,
die des Lebens Frührot war:
Abendrot wird sie uns sein...

*

VORSICHT: GIFT!

Wer hier nicht lachen kann, soll hier nicht lesen!
Denn, lacht er nicht, fasst ihn «das böse Wesen»!

*

A MANHÃ PASSOU...

A manhã passou, e o meio-dia
queima a fronte com olhar de fogo;
fiquemos à sombra das ramadas
e cantemos as canções da amizade
que foi a alba da vida:
e há-de ser o rubor do pôr-do-sol...

*

CUIDADO: VENENO!

Quem não for capaz de rir, que não leia o que está escrito!
Pois, se não rir, agarra-o, pela certa, o «mafarrico»!

*

AUS DEM PARADIESE

«Gut und Böse sind die Vorurteile
Gottes» — sprach die Schlange und floh in Eile.

*

DER «ECHTE DEUTSCHE»

«Ô peuple des meilleurs Tartuffes,
ich bleibe dir treu, gewiss!»
— Sprach's, und mit dem schnellsten Schiffe
fuhr er nach Kosmopolis.

*

CENA NO PARAÍSO

«Bem e Mal não passam de preconceitos
De Deus» — disse a cobra, e deu às de vila-diogo.

*

O «PURO ALEMÃO»

«Ô peuple des meilleurs Tartuffes,
Fiel te sou, vê quem to diz!»
— Disse, e no barco mais veloz
Se foi pra Cosmopolis.

*

FREUND YORICK, MUT!...

Freund Yorick, Mut!
Und wenn dich dein *Gedanke* quält,
wie jetzt er tut,
heiss das nicht — «Gott»! Denn, weit gefehlt,
es ist ja nur dein eigen *Kind*,
dein Fleisch und Blut,
was dich da drangsaliert und quält,
dein kleiner Schelm und Tu-nicht-gut!
— Sieh zu, wie die *Rute* tut!

Und kurz, Freund Yorick! Lass die düstre
Philosophie — und dass ich hier
noch einen Spruch als Medizin
und Haus-Rezept ins Ohr dir flüstre
— *mein* Mittel gegen solchen spleen! —:
«Wer seinen "Gott" liebt, züchtigt ihn.»

*

CORAGEM, AMIGO YORICK!...

Coragem, amigo Yorick!
E quando o teu *pensamento* te tortura,
como agora,
não lhe chames — «Deus»! Porque, longe disso,
ele não passa do teu próprio *filho*,
a *tua* carne e o *teu* sangue;
o que então te aflige e te atormenta
é só o teu garoto, esse patife!
— Ora experimenta dar-lhe uns bons *açoites*!

Em suma, amigo Yorick! Deixa a sombria
filosofia — e pra te segredar
aqui ao ouvido ainda uma sentença
à laia de mèzinha caseira
— a *minha* receita contra tal *spleen* —:
«Quem ama o seu "Deus" que o discipline.»

*

«FREUNDE, ES GIBT KEINE FREUNDE!»

«Freunde, es gibt keine Freunde!» so rief der sterbende Weise;

«Feinde, es gibt keinen Feind!» ruf ich, der lebende Tor. —

*

AN DAS IDEAL

Wen liebt ich so wie dich, geliebter Schatten!
Ich zog dich an mich, in mich — und seitdem
ward ich beinah zum Schatten, du zum Leibe.
Nur dass mein Auge unbelehrbar ist,
gewöhnt, die Dinge ausser sich zu sehen:
ihm bleibst du stets das ew'ge «Außer-mir».
Ach, dieses Auge bringt mich außer mich!

*

«AMIGOS, NÃO HÁ AMIGOS!»

«Amigos, não há amigos!» exclamou o sábio moribundo;

«Inimigos, não há inimigos!» exclamo eu, o louco vivo. —

*

AO IDEAL

A quem como a ti amei eu, ó sombra amada!
Atraí-te a mim, pra dentro de mim — e desde então
quase me fiz eu sombra, e corpo tu.
Todavia os meus olhos não aprendem,
afeitos a ver as coisas fora de si:
pra eles és sempre o eterno «fora-de-mim».
Ah, estes olhos põem-me fora de mim!

*

WER VIEL EINST ZU VERKÜNDEN HAT

Wer viel einst zu verkünden hat,
schweigt viel in sich hinein.
Wer einst den Blitz zu zünden hat,
muss lange — Wolke sein.

*

PINIE UND BLITZ

Hoch wuchs ich über Mensch und Tier;
und sprech' ich — niemand spricht mit mir.

Zu einsam wuchs ich und zu hoch —
ich warte: worauf wart' ich doch?

Zu nah ist mir der Wolken Sitz, —
ich warte auf den ersten Blitz.

*

QUEM UM DIA HÁ-DE TER MUITO A PROCLAMAR...

Quem um dia há-de ter muito a proclamar,
tem de calar muita coisa dentro de si.
Quem um dia quiser acender um relâmpago,
tem de por muito tempo — ser só nuvem.

*

O PINHEIRO E O RAIO

Cresci muito por sobre homens e bichos;
e quando falo — ninguém fala comigo.

Cresci sozinho e alto por de mais —
Espero: mas porque é que espero?

As nuvens estão muito perto de mim, —
estou à espera do primeiro raio.

*

LEBENSREGELN

Das Leben gern zu leben,
musst du darüber stehn!
Drum lerne dich erheben!
Drum lerne — abwärts sehn!

Den edelsten der Triebe
veredle mit Bedachtung:
zu jedem Kilo Liebe
nimm ein Gran Selbstverachtung!

*

DER SCHÖNSTE LEIB — EIN SCHLEIER NUR...

Der schönste Leib — ein Schleier nur,
in den sich schamhaft — Schönres hüllt. —

*

VERDRUSS DES STOLZEN

Wer stolz ist, hasst sogar das Pferd,
Das seinen Wagen vorwärts fährt.

*

REGRAS DE BEM-VIVER

Para bem viveres a vida,
deves 'star acima dela!
Aprende, pois, a elevar-te!
Aprende a olhar pra baixo!

O mais nobre dos instintos
enobrece-o com prudência:
pra cada quilo de amor,
um grão de desprezo-próprio.

*

O MAIS BELO CORPO — UM VÉU APENAS...

O mais belo corpo — um véu apenas
com que, pudico, se cobre — algo mais belo. —

*

ENFADO DO ORGULHOSO

Quem é orgulhoso até o cavalo odeia
Que lhe puxa o carro.

*

RÄTSEL

Löst mir das Rätsel, das dies Wort versteckt:
«Das Weib *erfindet*, wenn der Mann *entdeckt* — —»

*

HIER ROLLTE GOLD...

Hier rollte Gold, hier spielte ich mit Gold —
in Wahrheit spielte Gold mit mir — *ich* rollte!

*

FÜR FALSCHE FREUNDE

Du stahlst, dein Auge ist nicht rein —
Nur Einen Gedanken stahlst du? — Nein,
Wer darf so frech bescheiden sein!
Nimm diese Handvoll obendrein —
Nimm *all* mein Mein —
Und friss dich *rein* daran, du Schwein!

*

ENIGMA

Resolvei-me o enigma que esta palavra encobre:
«A mulher *inventa* quando o homem *descobre* — —»

*

AQUI OURO ROLOU...

Aqui ouro rolou, aqui com ouro brinquei —
Em verdade brincou o ouro comigo — *eu* rolei!

*

PARA OS AMIGOS FALSOS

Roubaste, diz-mo o teu olhar impuro —
E não foi, como dizes, apenas uma ideia.
Quem teria de modéstia um tal descaro?
Toma lá inda mais esta mancheia —
Toma *tudo* o que me é caro —
Nisso te ceva, porco, até que fiques *puro*!

*

ALLE EWIGEN QUELL-BRONNEN...

Alle ewigen Quell-Bronnen
Quellen ewig hinan:
Gott selbst — hat er je begonnen?
Gott selbst — fängt er immer an?

*

SANCTUS JANUARIUS

Der du mit dem Flammenspeere
Meiner Seele Eis zerteilt,
Dass sie brausend nun zum Meere
Ihrer höchsten Hoffnung eilt:
Heller stets und stets gesunder.
Frei im liebevollen Muss: —
Also preist sie deine Wunder,
Schönster Januarius!

Genua, im Januar 1882.

*

TODAS AS FONTES ETERNAS...

Todas as fontes eternas
Correm eternamente.
Deus mesmo — começou jamais?
Deus mesmo — recomeça sempre?

*

SÃO JANUÁRIO

Tu, que com lança de fogo
Me quebraste o gelo d'alma
Que agora pra o mar, bramando,
Da mais alta esp'rança corre:
Mais clara sempre e mais sã,
Livre e forçada de amor: —
Assim louva os teus milagres,
Ó belíssimo Januário!

Génova, Janeiro de 1882.

*

«DER WANDERER UND SEIN SCHATTEN». EIN BUCH

Nicht mehr zurück? Und nicht hinan?
Auch für die Gemse keine Bahn?

So wart ich hier und fasse fest,
Was Aug und Hand mich fassen lässt!

Fünf Fuß breit Erde, Morgenrot,
Und *unter* mir — Welt, Mensch und Tod!

*

«O CAMINHEIRO E A SOMBRA». UM LIVRO

Nem um passo pra trás? Nem um pra diante?
Nem mesmo pra a camurça uma vereda avante?

Pois aqui 'spero e agarro com firmeza
O que os olhos e as mãos me deixam como presa!

A aurora e cinco pés de terra em sorte,
E *abaixo* de mim — Mundo, Homem e Morte!

*

«DIE FRÖHLICHE WISSENSCHAFT»

Dies ist kein Buch: was liegt an Büchern!
An diesen Särgen wnd Leichentüchern!
Vergangnes ist der Bücher Beute:
Doch hierin lebt ein ewig *Heute*.

*

ZWEITE FASSUNG

Das ist kein Buch: was liegt an Büchern!
Was liegt an Särgen und Leichentüchern!
Dies ist ein Wille, dies ist ein Versprechen,
Dies ist ein letztes Brücken-Zerbrechen,
Dies ist ein Meerwind, ein Anker-Lichten,
Ein Räder-Brausen, ein Steuer-Richten;
Es brüllt die Kanone, weiß dampft ihr Feuer,
Es lacht das Meer, das Ungeheuer!

*

«A GAIA CIÊNCIA»

Isto não é um livro: Os livros, que importam,
Estes caixões e mortalhas?!
O que passou é a presa dos livros:
Mas o que aqui está é um eterno *Hoje*.

*

SEGUNDA VERSÃO

Isto não é um livro: Os livros, que importam?!
Que importam os caixões e as mortalhas?!
Isto é uma vontade, isto é uma promessa,
Isto é um último quebrar de pontes,
É um vento do mar, um levar de âncora,
Um ruído de rodas, um apontar de leme;
Ruge o canhão com o seu fogo branco,
E ri-se o mar, o monstro!

*

DAS WORT

Lebendgem Worte bin ich gut:
Das springt heran so wohlgemut,
Das grüsst mit artigem Genick,
Ist lieblich selbst im Ungeschick,
Hat Blut in sich, kann herzhaft schnauben,
Kriecht dann zum Ohre selbst dem Tauben,
Und ringelt sich und flattert jetzt,
Und was es tut — das Wort ergetzt.

Doch bleibt das Wort ein zartes Wesen,
Bald krank und aber bald genesen.
Willt ihm sein kleines Leben lassen,
Musst du es leicht und zierlich fassen,
Nicht plump betasten und bedrücken,
Es stirbt oft schon an bösen Blicken —
Und liegt dann da, so ungestalt,
So seelenlos, so arm und kalt,
Sein kleiner Leichnam arg verwandelt,
Von Tod und Sterben missgehandelt.

A PALAVRA

À palavra viva é que eu tenho amor:
Salta tão jovial ao nosso encontro,
Saúda com gesto gracioso,
É bela mesmo sem jeito,
Tem sangue, é capaz de esbravejar com brio,
E então entra até nas orelhas de um surdo,
Encaracola-se e põe-se a voar,
E em tudo o que faz — a palavra encanta.

Mas a palavra é um ser delicado,
Ora doente, ora outra vez sadia.
Se lhe queres poupar a pequenina vida,
Tens de lhe pegar com leveza e graça,
Sem a apalpares nem a apertares à bruta,
Que ela morre por vezes já de um mau olhar —
E aí fica ela, tão desfigurada,
Tão sem alma, tão pobre e fria,
O seu corpinho a tal ponto transformado,
Da morte e da agonia mal-tratado.

Ein totes Wort — ein hässlich Ding,
Ein klapperdürres Kling-Kling-Kling.
Pfui allen hässlichen Gewerben,
An denen Wort und Wörtchen sterben!

*

Uma palavra morta — feia coisa,
Um chocalhante e seco cling-ling-ling.
Fora esses ofícios hediondos
Que fazem morrer as palavrinhas!

*

DER TAG KLINGT AB

Der Tag klingt ab, es gilbt sich Glück und Licht,
Mittag ist ferne.
Wie lange noch? Dann kommen Mond und Sterne
Und Wind und Reif: nun säum ich langer nicht,
Der Frucht gleich, die ein Hauch vom Baume bricht.

*

DER EINSAMSTE

Nun, da der Tag
Des Tags müde ward, und aller Sehnsucht Bäche
von neuem Trost plätschern,
auch alle Himmel, aufgehängt in Gold-Spinnetzen
zu jedem Müden sprechen: «ruhe nun!» —
was ruhest du nicht, du dunkles Herz,
was stachelt dich zu fußwunder Flucht...
wess harrest du?

*

O DIA ESMORECE

O dia esmorece, amarelece a ventura e a luz,
Está longe o meio-dia.
Quanto tempo ainda? E então vêm a Lua e as estrelas
E o vento e a geada: agora já me não demoro mais,
Como o fruto que um sopro arranca da árvore.

*

O MAIS SOLITÁRIO

Agora que o dia
Se cansou do dia, e os arroios de toda a saudade
Murmuram novo conforto,
E todos os céus, pendentes de teias de aranha de ouro,
Dizem a todo o cansado: «Repousa!» —
Porque é que não descansas, coração escuro?
Que espinho te aguilhoa a fugir de pés em chaga?...
Por quem esperas?

*

DAS TRUNKENE LIED

O Mensch! Gib acht!
Was spricht die tiefe Mitternacht?
«Ich schlief, ich schlief —,
Aus tiefem Traum bin ich erwacht: —
Die Welt ist tief,
Und tiefer als der Tag gedacht.
Tief ist ihr Weh —,
Lust — tiefer als Herzeleid:
Weh spricht: Vergeh!
Doch alle Lust will Ewigkeit —,
— will tiefe, tiefe Ewigkeit!»

*

CANÇÃO DE EMBRIAGUEZ

Ó Homem! Atenção!
Que diz a funda meia-noite?
«Estava a dormir, a dormir —,
De um sonho fundo acordei: —
O mundo é fundo,
E mais fundo do que o dia pensava.
Funda é a sua dor —,
A alegria — mais funda ainda que o pesar:
A dor diz: Passa e morre!
Toda a alegria, porém, quer eternidade —,
— quer funda, funda eternidade!»

*

MITLEID HIN UND HER

1. Vereinsamt

Die Krähen schrein
und ziehen schwirren Flugs zur Stadt:
bald wird es schnein, —
wohl dem, der jetzt noch — Heimat hat!

Nun stehst du starr,
schaust rückwärts, ach! wie lange schon!
Was bist du Narr
vor Winters in die Welt entflohn?

Die Welt — ein Tor
zu tausend Wüsten stumm und kalt!
Wer das verlor,
was du verlorst, macht nirgends halt!

Nun stehst du bleich,
zur Winter-Wanderschaft verflucht,
dem Rauche gleich,
der stets nach kältern Himmeln sucht.

PIEDADE PRA CÁ E PRA LÁ

1. Abandonado

Grasnam as gralhas
e passam pra a cidade de asas a sibilar:
em breve vai nevar, —
feliz aquele que agora inda — tem lar!

Aí 'stás hirto agora,
A olhar pra trás, ai! há quanto tempo já!
Porque fugiste nesta hora,
Louco, pra o mundo antes do inverno que vem lá?

Pra o mundo — a porta larga
A dar pra mil desertos frios e calados!
Quem sofreu a perda amarga
Que tu sofreste, não lhe param os passos cansados!

Aí 'stás sem cor, errante,
Condenado a correr caminhos invernais,
Ao fumo semelhante.
Que busca sempre céus mais glaciais.

Flieg, Vogel, schnarr
dein Lied im Wüstenvogel-Ton! —
Versteck, du Narr,
dein blutend Herz in Eis und Hohn!

Die Krähen schrein
und ziehen schwirren Flugs zur Stadt:
bald wird es schnein, —
weh dem, der keine Heimat hat!

2. *Antwort*

Dass Gott erbarm!
Der meint, ich sehnte mich zurück
ins deutsche Warm,
ins dumpfe deutsche Stuben-Glück!

Mein Freund, was hier
mich hemmt und hält, ist *dein* Verstand.
Mitleid mit *dir*!
Mitleid mit deutschem Quer-Verstand!

*

Voa, pássaro, crocita
Teu canto no deserto que não ouve o teu apelo!
Teu coração que palpita
A sangrar, esconde-o, louco! em escárnio e gelo!

Grasnam as gralhas
E passam pra a cidade de asas a sibilar:
Em breve vai nevar, —
Pobre daquele que agora não tem lar!

2. *Resposta*

Que Deus se compadeça!
Este julga que eu tenho saudades de voltar
Ao calor alemão que me aqueça
Na ventura bafienta de um teutónico lar!

Meu amigo, o que aqui
Me detém e retém é a *tua* razão.
Piedade de *ti*!
Piedade da teutónica contra-razão!

*

VENEDIG

An der Brücke stand
jüngst ich in brauner Nacht.
Fernher kam Gesang:
goldener Tropfen quolls
über die zitternde Fläche weg.
Gondeln, Lichter, Musik —
trunken schwamms in die Dämmrung hinaus…
Meine Seele, ein Saitenspiel,
sang sich, unsichtbar berührt,
heimlich ein Gondellied dazu,
zitternd vor bunter Seligkeit.
— Hörte jemand ihr zu?...

*

VENEZA

Junto à ponte parei
Há dias, em noite parda.
Vinha de longe um cantar:
Por sobre as trémulas águas
Gotas de ouro brotavam e corriam.
Gôndolas, luzes, a música —
Tudo boiava, ébrio, pra a escuridão, lá longe...
Minh'alma, lira tocada
De invisível mão, cantou
Em segredo uma canção de gondoleiro,
Trémula de ventura multicor.
— Se alguém a escutaria?...

*

AUS HOHEN BERGEN

Nachgesang

O Lebens Mittag! Feierliche Zeit!
O Sommergarten!
Unruhig Glück im Stehn und Spähn und Warten: —
Der Freunde harr ich, Tag und Nacht bereit,
Wo bleibt ihr, Freunde? Kommt! 's ist Zeit! 's ist Zeit!

Wars nicht für euch, dass sich des Gletschers Grau
Heut schmückt mit Rosen?
Euch sucht der Bach, sehnsüchtig drängen, stoßen
Sich Wind und Wolke höher heut ins Blau,
Nach euch zu spähn aus fernster Vogel-Schau.

Im Höchsten ward für euch mein Tisch gedeckt —
Wer wohnt den Sternen
So nahe, wer des Abgrunds grausten Fernen?
Mein Reich — welch Reich hat weiter sich gereckt?
Und meinen Honig — wer hat ihn geschmeckt?...

DE ALTOS MONTES

Canção-Epílogo

Ó meio-dia da vida! Ó tempo solene!
  Ó jardim de Verão!
Inquieta ventura de estar e espiar e esperar: —
Os amigos espero, pronto de noite e dia a recebê-los.
Porque demorais, Amigos? Vinde! É tempo! É tempo!

Pois não foi para vós que a parda cor do glaciar
  Hoje de rosas se enfeitou?
O regato procura-vos, e vento e nuvem saudosos
Apertam-se e empurram-se hoje mais alto no azul
Pra vos buscarem da mais longínqua altura.

No mais alto mandei pôr pra vós a minha mesa —
  Quem é que tão perto
Mora das estrelas e dos longes mais pardos do abismo?
O meu reino — que reino é que mais longe se estendeu?
E o meu mel — quem é que jamais o provou?...

— Da *seid* ihr, Freunde! — Weh, doch *ich* bins nicht,
   Zu dem ihr wolltet?
Ihr zögert, staunt — ach, dass ihr lieber grolltet!
Ich — bins nicht mehr? Vertauscht Hand, Schritt, Gesicht?
Und *was* ich bin, euch Freunden — bin ichs nicht?

Ein andrer ward ich? Und mir selber fremd?
   Mir selbst entsprungen?
Ein Ringer, der zu oft sich selbst bezwungen?
Zu oft sich gegen eigne Kraft gestemmt,
Durch eignen Sieg verwundet und gehemmt?

Ich suchte, wo der Wind am schärfsten weht?
   Ich lernte wohnen,
Wo niemand wohnt, in öden Eisbär-Zonen,
Verlernte Mensch und Gott, Fluch und Gebet?
Ward zum Gespenst, das über Gletscher geht?

— Ihr alten Freunde! Seht! Nun blickt ihr bleich,
   Voll Lieb und Grausen!
Nein, geht! Zürnt nicht! Hier — könntet *ihr* nicht hausen;
Hier zwischen fernstem Eis- und Felsenreich —
Hier muss man Jäger sein und gemsengleich.

Ein *schlimmer* Jäger ward ich! — Seht, wie steil
   Gespannt mein Bogen!
Der Stärkste wars, der solchen Zug gezogen — —:
Doch wehe nun! Gefährlich ist *der* Pfeil,
Wie *kein* Pfeil, — fort von hier! Zu eurem Heil!...

— Eis aí *estais*, Amigos! — Ai! mas não sou eu
  Pra casa de quem vínheis?
Hesitais, pasmais — ai! melhor fora que raivásseis!
Eu — já não sou eu? Mudada a mão, o andar, a cara?
E o *que* sou, pra vós, Amigos — não o sou?

Outro me fiz? e a mim mesmo estranho?
  Fugido de mim mesmo?
Um lutador que a si mesmo por de mais se venceu?
E por de mais se opôs à sua própria força,
Ferido e embaraçado pela própria vitória?

Casa busquei onde o vento sopra com mais força?
  Aprendi a morar
Onde ninguém mora, em ermas zonas de ursos brancos.
Desaprendi Homem e Deus, maldição e oração?
Fiz-me fantasma que anda sobre glaciares?

— Ó velhos Amigos! Vede! Olhais tão pálidos,
  Cheios de amor e horror!
Não, ide-vos! Não vos zangueis! Aqui — não podeis ficar:
Aqui, entre os mais longínquos reinos do gelo e dos rochedos,
Há que ser caçador e semelhante à camurça.

Fiz-me um *mau* caçador! — Vede para que alturas
  O meu arco se encurva!
Foi o mais forte que o levou a tal tensão — —:
Mas ai! agora perigosa é *esta* seta
Como *nenhuma* outra, — ide-vos! Pra vossa salvação!...

Ihr wendet euch? — O Herz, du trugst genung,
    Stark blieb dein Hoffen:
Halt *neuen* Freunden deine Türen offen!
Die alten lass! Lass die Erinnerung!
Warst einst du jung, jetzt — bist du besser jung!

Was je uns knüpfte, *einer* Hoffnung Band —
    Wer liest die Zeichen,
Die Liebe einst hineinschrieb, noch, die bleichen?
Dem Pergament vergleich ichs, das die Hand
Zu fassen *scheut* — ihm gleich verbräunt, verbrannt.

Nicht Freunde mehr, das sind — wie nenn ichs doch? —
    Nur Freunds-Gespenster!
Das klopft mir wohl noch nachts an Herz und Fenster,
Das sieht mich an und spricht: «wir *warens* doch?»
— O welkes Wort, das einst wie Rosen roch!

O Jugend-Sehnen, das sich missverstand!
    Die *ich* ersehnte,
Die ich mir selbst verwandt-verwandelt wähnte,
Dass *alt* sie wurden, hat sie weggebannt:
Nur wer sich wandelt, bleibt mit mir verwandt.

O Lebens Mittag! Zweite Jugendzeit!
    O Sommergarten!
Unruhig Glück im Stehn und Spähn und Warten!
Der Freunde harr ich, Tag und Nacht bereit,
Der *neuen* Freunde! Kommt! 's ist Zeit! 's ist Zeit!

Voltais as costas? — Ó coração, já basta do teu fardo,
    Forte ficou a tua esperança:
Conserva as portas abertas para *novos* amigos!
Deixa os velhos! Deixa a recordação!
Foste jovem outrora? Agora — és jovem de melhor maneira!

O que um dia nos ligou, o laço de *uma só* esperança —
    Quem lê inda os sinais
Que o amor nele inscreveu, tão apagados já?
Comparo-o ao pergaminho que a mão *tem medo*
De agarrar — como ele amarelada, queimada.

Não já amigos, eles são — como hei-de dizer?
    Só fantasmas de amigos!
Isso vem inda à noite bater-me ao coração e à janela,
Olha pra mim e diz: «Pois não o *fomos* nós?»
— Ó palavra murcha que outrora cheirou a rosas!

Ó aspiração juvenil, que tão mal foi entendida!
    Os que *eu* desejei,
Os que eu supus meus parentes-transformados,
Pois se fizeram *velhos*, foi isso que os baniu:
Só quem se transforma é comigo aparentado.

Ó meio-dia da vida! Segunda juventude!
    Ó jardim de Verão!
Inquieta ventura de estar e espiar e esperar!
Os amigos espero, pronto de noite e dia a recebê-los,
Os *novos* amigos! Vinde! É tempo! É tempo!

Dies Lied ist aus — der Sehnsucht süsser Schrei
  Erstarb im Munde:
Ein Zaubrer tats, der Freund zur rechten Stunde,
Der Mittags-Freund — nein! fragt nicht, wer es sei —
Um Mittag wars, da wurde Eins zu Zwei…

Nun feiern wir, vereinten Siegs gewiss,
  Das Fest der Feste:
Freund *Zarathustra* kam, der Gast der Gäste!
Nun lacht die Welt, der grause Vorhang riss,
Die Hochzeit kam für Licht und Finsternis…

*
* *

Acabou-se *esta* canção — o doce grito da saudade
    Desfaleceu na boca:
Foi um encantador, o Amigo na hora boa,
O Amigo do meio-dia — não! não pergunteis quem é —
Foi ao meio-dia que o Um se fez em Dois...

Agora celebramos, certos do triunfo comum,
    A festa das festas:
O amigo *Zaratustra* chegou, o hóspede dos hóspedes!
Agora o mundo ri, rasgou-se a cortina horrível,
Vieram as bodas da Luz e das Trevas...

*
*   *

POEMAS EM PROSA

(CINCO CANÇÕES DE ZARATUSTRA)

DAS NACHTLIED

Nacht ist es: nun reden lauter alle springenden Brunnen. Und auch meine Seele ist ein springender Brunnen.

Nacht ist es: nun erst erwachen alle Lieder der Liebenden. Und auch meine Seele ist das Lied eines Liebenden.

Ein Ungestilltes, Unstillbares ist in mir; das will laut werden. Eine Begierde nach Liebe ist in mir, die redet selber die Sprache der Liebe.

Licht bin ich: ach, dass ich Nacht wäre! Aber dies ist meine Einsamkeit, dass ich von Licht umgürtet bin.

Ach, dass ich dunkel wäre und nächtig! Wie wollte ich an den Brüsten des Lichts saugen!

Und euch selber wollte ich noch segnen, ihr kleinen Funksterne und Leuchwürmer droben! — und selig sein ob eurer Licht--Geschenke.

Aber ich lebe in meinem eignen Lichte, ich trinke die Flammen in mich zurück, die aus mir brechen.

Ich kenne das Glück des Nehmenden nicht; und oft träumte mir davon, dass Stehlen noch seliger sein müsse als Nehmen.

Das ist meine Armut, dass meine Hand niemals ausruht vom Schenken; das ist mein Neid, dass ich wartende Augen sehe und die erhellten Nächte der Sehnsucht.

O Unseligkeit aller Schenkenden! O Verfinsterung meiner Sonne! O Begierde nach Begehren! O Heißhunger in der Sättigung!

CANÇÃO NOCTURNA

É noite: agora falam mais alto todas as fontes jorrantes. E a minha alma é também uma fonte jorrante.

É noite: só agora acordam todas as canções dos amantes. E a minha alma é também a canção de um amante.

Há em mim algo de insaciado, de insaciável que quer ganhar voz. Um desejo de amor há em mim, um desejo que fala ele mesmo a língua do amor.

Sou luz: ai, quem me dera ser noite! Mas é esta a minha solidão, estar cingido de luz.

Ai, quem me dera ser escuro e nocturno! Como eu havia de mamar nos peitos da luz!

E também vos abençoaria mesmo a vós, pequeninas estrelas cintilantes e pirilampos lá no alto! — e seria feliz com os vossos presentes de luz.

Mas eu vivo na minha própria luz, reabsorvo em mim as chamas que de mim brotam.

Não conheço a ventura de quem recebe; e muitas vezes sonhei que roubar deve dar mais felicidade ainda do que receber.

É esta a minha pobreza: nunca a minha mão descansar de dar; é esta a minha inveja: ver olhos à espera e as noites iluminadas de saudade.

Ó infelicidade de todos os que dão! Ó eclipse do meu sol! Ó desejo de desejar! Ó fome ardente na saciedade!

Sie nehmen von mir: aber rühre ich noch an ihre Seele? Eine Kluft ist zwischen Geben und Nehmen; und die kleinste Kluft ist am letzten zu überbrücken.

Ein Hunger wächst aus meiner Schönheit: wehetun möchte ich denen, welchen ich leuchte, berauben möchte ich meine Beschenkten — also hungere ich nach Bosheit.

Die Hand zurückziehend, wenn sich schon ihr die Hand entgegenstreckt; dem Wasserfalle gleich zögernd, der noch im Sturze zögert — also hungere ich nach Bosheit.

Solche Rache sinnt meine Fülle aus: solche Tücke quillt aus meiner Einsamkeit.

Mein Glück im Schenken erstarb im Schenken, meine Tugend wurde ihrer selber müde an ihrem Überflusse!

Wer immer schenkt, dessen Gefahr ist, dass er die Scham verliere; wer immer austeilt, dessen Hand und Herz hat Schwielen vor lauter Austeilen.

Mein Auge quillt nicht mehr über vor der Scham der Bittenden; meine Hand wurde zu hart für das Zittern gefüllter Hände.

Wohin kam die Träne meinem Auge und der Flaum meinem Herzen? O Einsamkeit aller Schenkenden! O Schweigsamkeit aller Leuchtenden!

Viel Sonnen kreisen im öden Raume: zu allem, was dunkel ist, reden sie mit ihrem Lichte — mir schweigen sie.

O dies ist die Feindschaft des Lichts gegen Leuchtendes, erbarmungslos wandelt es seine Bahnen.

Unbillig gegen Leuchtendes im tiefsten Herzen, kalt gegen Sonnen — also wandelt jede Sonne.

Einem Sturme gleich fliegen die Sonnen ihre Bahnen, das ist ihr Wandeln. Ihrem unerbittlichen Willen folgen sie, das ist ihre Kälte.

Oh, ihr erst seid es, ihr Dunklen, ihr Nächtigen, die ihr Wärme schafft aus Leuchtendem! Oh, ihr erst trinkt euch Milch und Labsal aus des Lichtes Eutern!

Eles tomam o que lhes dou: mas toco eu ainda a sua alma? Há um abismo entre o dar e o receber; e o mais pequeno abismo é o último a transpor.

Cresce uma fome da minha beleza; gostaria de fazer mal àqueles a quem alumio, gostaria de roubar aqueles a quem dou — a tal ponto tenho fome de maldade.

Retirando a mão, quando já outra mão se lhe estende; hesitando como a cascata que ainda na queda hesita — a tal ponto tenho fome de maldade.

Tal vingança imagina a minha abundância: tal perfídia jorra da minha solidão.

A minha ventura de dar morreu com o dar, a minha virtude cansou-se de si mesma com a sua profusão!

Quem sempre dá, corre o risco de perder o pudor; quem sempre reparte, as mãos e o coração lhe criam calos de tanto repartir.

Os meus olhos já não choram diante do pudor dos que pedem; a minha mão fez-se dura de mais para o tremor das mãos que encho.

Pra onde foram as lágrimas dos meus olhos e a penugem macia do meu coração? Ó solidão de todos os que dão! Ó silêncio de todos os que iluminam!

Muitos sóis gravitam no espaço deserto: a tudo o que é escuro eles falam com a sua luz — para mim são mudos.

Oh! é esta a inimizade da luz a tudo o que ilumina; impiedosa segue ela as suas rotas.

Iníquo do fundo do coração contra tudo o que dá luz, frio para os outros sóis — assim gravita todo o sol.

Semelhantes a uma tormenta voam os sóis as suas órbitas, é esse o seu gravitar. Obedecem ao seu querer inexorável, é essa a sua frieza.

Oh! só vós, ó escuros, ó nocturnos, só vós é que tirais calor da luz! Oh, só vós bebeis leite e refrigério dos úberes da luz!

Ach, Eis ist um mich, meine Hand verbrennt sich an Eisigem! Ach, Durst ist in mir, der schmachtet nach eurem Durste!

Nacht ist es: ach dass ich Licht sein muss! Und Durst nach Nächtigem! Und Einsamkeit!

Nacht ist es: nun bricht wie ein Born aus mir mein Verlangen — nach Rede verlangt mich.

Nacht ist es: nun reden lauter alle springenden Brunnen. Und auch meine Seele ist ein springender Brunnen.

Nacht ist es: nun erwachen alle Lieder der Liebenden. Und auch meine Seele ist das Lied eines Liebenden. —

Also sang Zarathustra.

*

Ai! há gelo à minha volta, a minha mão queima-se ao contacto do gelo! Ai! há em mim sede que se consome pela vossa sede!

É noite: ai! ter eu de ser luz! E sede de noite! E solidão!

É noite: agora, como uma fonte, jorra de mim o meu desejo — desejo de fala.

É noite: agora falam mais alto todas as fontes jorrantes. E a minha alma é também uma fonte jorrante.

É noite: agora acordam todas as canções dos amantes. E a minha alma é também a canção de um amante. —

Assim cantou Zaratustra.

*

DAS TANZLIED

Eines Abends ging Zarathustra mit seinen Jüngern durch den Wald; und als er nach einem Brunnen suchte, siehe, da kam er auf eine grüne Wiese, die von Bäumen und Gebüsch still umstanden war: auf der tanzten Mädchen miteinander. Sobald die Mädchen Zarathustra erkannten, ließen sie vom Tanze ab; Zarathustra aber trat mit freundlicher Gebärde zu ihnen und sprach diese Worte:

«Lasst vom Tanze nicht ab, ihr lieblichen Mädchen! Kein Spielverderber kam zu euch mit bösem Blick, kein Mädchen-Feind.

Gottes Fürsprecher bin ich vor dem Teufel: der aber ist der Geist der Schwere. Wie sollte ich, ihr Leichten, göttlichen Tänzen feind sein? Oder Mädchen-Füssen mit schönen Knöcheln?

Wohl bin ich ein Wald und eine Nacht dunkler Bäume: doch wer sich vor meinem Dunkel nicht scheut, der findet auch Rosenhänge unter meinen Zypressen.

Und auch den kleinen Gott findet er wohl, der den Mädchen der liebste ist: neben dem Brunnen liegt er, still, mit geschlossenen Augen.

Wahrlich, am hellen Tage schlief er mir ein, der Tagedieb! Haschte er wohl zuviel nach Schmetterlingen?

Zürnt mir nicht, ihr schönen Tanzenden, wenn ich den kleinen Gott ein wenig züchtige! Schreien wird er wohl und weinen — aber zum Lachen ist er noch im Weinen!

Und mit Tränen im Auge soll er euch um einen Tanz bitten; und ich selber will ein Lied zu seinem Tanze singen:

BAILADA

Uma tarde, atravessava Zaratustra a floresta com os seus discípulos; e, ao buscar uma fonte, eis que foi dar a um verde prado calmamente rodeado de árvores e moitas. Ali andavam donzelas a dançar umas com as outras. Logo que reconheceram Zaratustra, deixaram de dançar; mas Zaratustra aproximou-se delas com gesto amável e disse estas palavras:

«Não deixeis de dançar, lindas donzelas! Não foi nenhum desmancha-prazeres de olhar malévolo que veio até vós, nenhum inimigo de donzelas.

Eu sou o advogado de Deus junto do diabo: este, porém, é o espírito do Pesadume. Como havia eu, ó ligeiras criaturas, de ser inimigo de divinas danças? Ou de pés de donzelas de belos artelhos?

Por certo sou eu uma floresta e uma noite de árvores escuras: mas, quem não tiver medo da minha escuridão, encontrará também roseirais sob os meus ciprestes.

Encontrará também o pequenino deus, que é o de que mais gostam as donzelas: está deitado ao pé da fonte, quietinho e de olhos fechados.

Olha, olha! Ficou-se a dormir em pleno dia, o mandrião! Teria ele corrido de mais atrás das borboletas?

Não vos zangueis, lindas bailadeiras, mas vou dar um pequeno correctivo ao deusinho! Vai com certeza gritar e chorar — mas faz rir mesmo quando chora!

Ein Tanz- und Spottlied auf den Geist der Schwere, meinen allerhöchsten großmächtigsten Teufel, von dem sie sagen, dass er 'der Herr der Welt' sei.» —

Und dies ist das Lied, welches Zarathustra sang, als Kupido und die Mädchen zusammen tanzten:

In dein Auge schaute ich jüngst, oh Leben! Und ins Unergründliche schien ich mir zu sinken.

Aber du zogst mich mit goldner Angel heraus; spöttisch lachtest du, als ich dich unergründlich nannte.

«So geht die Rede aller Fische», sprachst du; «was *sie* nicht ergründen, ist unergründlich.

Aber veränderlich bin ich nur und wild und in allem Weib, und kein tugendhaftes:

Ob ich schon euch Männern "die Tiefe" heiße oder "die Treue", "die Ewige", die "Geheimnisvolle".

Doch ihr Männer beschenkt uns stets mit den eignen Tugenden — ach, ihr Tugendhaften!»

Also lachte sie, die Unglaubliche; aber ich glaube ihr niemals und ihrem Lachen, wenn sie bös von sich selber spricht.

Und als ich unter vier Augen mit meiner wilden Weisheit redete, sagte sie mir zornig: «Du willst, du begehrst, du liebst, darum allein *lobst* du das Leben!»

Fast hätte ich da bös geantwortet und der Zornigen die Wahrheit gesagt; und man kann nicht böser antworten, als wenn man seiner Weisheit «die Wahrheit sagt».

So nämlich steht es zwischen uns dreien. Von Grund aus liebe ich nur das Leben — und, wahrlich, am meisten dann, wenn ich es hasse!

Dass ich aber der Weisheit gut bin und oft zu gut: das macht, sie erinnert mich gar sehr an das Leben!

Sie hat ihr Auge, ihr Lachen und sogar ihr goldnes Angelrütchen: was kann ich dafür, dass die beiden sich so ähnlich sehn?

E de lágrimas nos olhos vos vai pedir que danceis com ele; e eu mesmo cantarei uma canção para o acompanhar:

Uma canção de baile e de escárnio ao espírito do Pesadume, o meu altíssimo e poderosíssimo diabo de quem se diz que é «o senhor do mundo». —

E é esta a canção que Zaratustra cantou enquanto Cupido dançava com as donzelas:

Outro dia olhei pra os teus olhos, ó Vida! E pareceu-me que me afundava no insondável.

Mas tu pescaste-me cá pra fora com um anzol de ouro; riste escarninha, quando eu te chamei insondável.

«É o que dizem todos os peixes», disseste tu; «o que *eles* não podem sondar, é insondável.

Mas eu sou apenas mutável e bravia, e em tudo mulher, e nada virtuosa.

Embora vós homens me chameis "profunda" ou "fiel", ou "eterna", ou "misteriosa".

Mas vós, homens, presenteais sempre com as vossas próprias virtudes, ó virtuosos!»

Assim se ria ela, a incrível; mas eu nunca creio nela nem no seu riso quando diz mal de si mesma.

E quando um dia eu estava a falar a sós com a minha brava Sabedoria, disse-me ela, colérica: «Tu queres, tu desejas, tu amas, e é só por isso que tu *louvas* a Vida!»

Quase lhe ia dando uma má resposta, dizendo a verdade à minha Sabedoria encolerizada; e não há pior resposta do que «dizermos a verdade» à nossa Sabedoria.

São assim as relações entre nós os três. Do fundo, do fundo, amo apenas a Vida — e, em verdade, amo-a mais quando a odeio!

Mas se gosto também da Sabedoria (e por vezes demasiado), é porque ela me faz lembrar muito a Vida!

Und als mich einmal das Leben fragte: Wer ist denn das, die Weisheit? — da sagte ich eifrig: «Ach ja! die Weisheit!

Man dürstet um sie und wird nicht satt, man blickt durch Schleier, man hascht durch Netze.

Ist sie schön? Was weiß ich! Aber die ältesten Karpfen werden noch mit ihr geködert.

Veränderlich ist sie und trotzig; oft sah ich sie sich die Lippe beißen und den Kamm wider ihres Haares Strich führen.

Vielleicht ist sie böse und falsch, und in allem ein Frauenzimmer; aber wenn sie von sich selber schlecht spricht, da gerade verführt sie am meisten.»

Als ich dies zu dem Leben sagte, da lachte es boshaft und machte die Augen zu. «Von wem redest du doch, sagte es, wohl von mir?

Und wenn du Recht hättest — sagt man das mir so ins Gesicht! Aber nun sprich doch auch von deiner Weisheit!»

Ach, und nun machtest du wieder dein Auge auf, oh geliebtes Leben! Und ins Unergründliche schien ich mir wieder zu sinken. —

Also sang Zarathustra. Als aber der Tanz zu Ende und die Mädchen fortgegangen waren, wurde er traurig.

«Die Sonne ist lange schon hinunter», sagte er endlich; «die Wiese ist feucht, von den Wäldern her kommt Kühle.

Ein Unbekanntes ist um mich und blickt nachdenklich. Was! Du lebst noch, Zarathustra?

Warum? Wofür? Wodurch? Wohin? Wo? Wie? Ist es nicht Torheit, noch zu leben? —

Ach, meine Freunde, der Abend ist es, der aus mir fragt. Vergebt mir meine Traurigkeit!

Abend ward es: vergebt mir, dass es Abend ward!»

Also sprach Zarathustra.

*

Tem os olhos dela, o mesmo riso e até a mesma caninha de pescar, de ouro: que culpa tenho eu de que ambas se pareçam tanto?

E quando uma vez a Vida me perguntou: Quem é essa Sabedoria? — respondi vivamente: «Ah, sim! a Sabedoria!

Tem-se sede dela e nunca se fica satisfeito, olha-se através de véus, lança-se a mão a redes.

Se é bela? Que sei eu! Mas ainda serve de isca às carpas mais velhas.

É mutável e caprichosa; muitas vezes a vi morder o beiço e pentear-se a arrepia-pêlo.

Talvez seja má e falsa, e mulher em tudo; mas quando diz mal de si mesma é quando é mais sedutora.»

Quando isto disse à Vida, riu-se ela maldosa, cerrando os olhos. «De quem é que estás tu a falar?» — disse ela — «de mim, sem dúvida?

E mesmo que tivesses razão — é coisa que se me diga assim na cara? Mas agora fala-me lá da tua Sabedoria!»

Ai, e então abriste de novo os olhos, ó Vida amada! E de novo me pareceu que me afundava no insondável —

Assim cantou Zaratustra. Mas quando a dança acabou e as donzelas se tinham ido embora, ficou triste.

«O sol já se pôs há muito», disse ele por fim; «o prado está húmido, vem fresco das florestas.

Uma coisa desconhecida me envolve e olha pensativa. Pois como?! Vives ainda, Zaratustra?

Porquê? Pra quê? Por que meio? Pra onde? Onde? Como? Não é loucura viver ainda? —

Ai, meus amigos, é o anoitecer que assim pergunta de dentro de mim. Perdoai-me esta tristeza!

Caiu a noite: perdoai-me, se caiu a noite!»

Assim falou Zaratustra.

*

DAS GRABLIED

«Dort ist die Gräberinsel, die schweigsame; dort sind auch die Gräber meiner Jugend. Dahin will ich einen immergrünen Kranz des Lebens tragen.»

Also im Herzen beschließend fuhr ich über das Meer. —

Oh ihr, meiner Jugend Gesichte und Erscheinungen! Oh, ihr Blicke der Liebe alle, ihr göttlichen Augenblicke! Wie starbt ihr mir so schnell! Ich gedenke eurer heute wie meiner Toten.

Von euch her, meinen liebsten Toten, kommt mir ein süßer Geruch, ein herz- und tränenlösender. Wahrlich, er erschüttert und löst das Herz dem einsam Schiffenden.

Immer noch bin ich der Reichste und Bestzubeneidende — ich der Einsamste! Denn ich *hatte* euch doch, und ihr habt mich noch: sagt, wem fielen, wie mir, solche Rosenäpfel vom Baume?

Immer noch bin ich eurer Liebe Erbe und Erdreich, blühend zu eurem Gedächtnisse von bunten wildwachsenen Tugenden, oh ihr Geliebtesten!

Ach, wir waren gemacht, einander nahe zu bleiben, ihr holden fremden Wunder; und nicht schüchternen Vögeln gleich kamt ihr zu mir und meiner Begierde — nein, als Trauende zu dem Trauenden!

Ja, zur Treue gemacht, gleich mir, und zu zärtlichen Ewigkeiten: Muss ich nun euch nach eurer Untreue heißen, ihr göttlichen Blicke und Augenblicke: keinen andern Namen lernte ich noch.

CÂNTICO FÚNEBRE

«Acolá é a Ilha dos Túmulos, a ilha muda; são lá também os sepulcros da minha juventude. Vou lá levar uma coroa de vida sempre-verde.»

Tendo assim resolvido em meu coração, atravessei o mar. —

Ó visões e aparições da minha juventude! Ó olhares de amor todos, ó divinos relances de olhos! Quão depressa me vós morrestes! Em vós penso hoje como em mortos queridos.

De vós, meus amados mortos, me vem um doce perfume que liberta o coração e as lágrimas. Em verdade, ele abala e enternece o coração do navegante solitário.

Continuo a ser o mais rico e o mais digno de inveja — eu, o mais solitário! Pois que vos *possuí*, e vós me possuís ainda: dizei, a quem, como a mim, caíram da árvore tais pomos róseos?

Continuo a ser herdeiro e terreno do vosso amor, florescente em memória vossa de virtudes variegadas e silvestres, ó meus amados!

Ai! éramos feitos para ficar juntos, ó doces e estranhas maravilhas; e não viestes ter comigo e com o meu desejo como aves tímidas — mas confiantes no amigo confiante!

Sim, éreis feitas como eu para a fidelidade e para eternidades de ternura: tenho eu agora de nomear-vos segundo a vossa infidelidade, ó divinos olhares e relances de olhos: ainda não aprendi outro nome.

Wahrlich, zu schnell starbt ihr mir, ihr Flüchtlinge. Doch floht ihr mich nicht, noch floh ich euch: unschuldig sind wir einander in unsrer Untreue.

Mich zu töten, erwürgte man euch, ihr Singvögel meiner Hoffnungen! Ja, nach euch, ihr Liebsten, schoß immer die Bosheit Pfeile — mein Herz zu treffen!

Und sie traf! Wart ihr doch stets mein Herzlichstes, mein Besitz und mein Besessen-sein: *darum* musstet ihr jung sterben und allzu frühe!

Nach dem Verwundbarsten, das ich besaß, schoß man den Pfeil: das waret ihr, denen die Haut einem Flaume gleich ist und mehr noch dem Lächeln, das an einem Blick erstirbt!

Aber dies Wort will ich zu meinen Feinden reden: was ist alles Menschen-Morden gegen das, was ihr mir tatet!

Böseres tatet ihr mir, als aller Menschen-Mord ist; Unwiederbringliches nahmt ihr mir — also rede ich zu euch, meine Feinde!

Mordetet ihr doch meiner Jugend Gesichte und liebste Wunder! Meine Gespielen nahmt ihr mir, die seligen Geister! Ihrem Gedächtnisse lege ich diesen Kranz und diesen Fluch nieder.

Diesen Fluch gegen euch, meine Feinde! Machtet ihr doch mein Ewiges kurz, wie ein Ton zerbricht in kalter Nacht! Kaum als Aufblinken göttlicher Augen kam es mir nur — als Augenblick!

Also sprach zur guten Stunde einst meine Reinheit: «göttlich sollen mir alle Wesen sein».

Da überfielt ihr mich mit schmutzigen Gespenstern; ach, wohin floh nun jene gute Stunde!

«Alle Tage sollen mir heilig sein» — so redete einst die Weisheit meiner Jugend: wahrlich, einer fröhlichen Weisheit Rede!

Aber da stahlt ihr Feinde mir meine Nächte und verkauftet sie zu schlafloser Qual: ach, wohin floh nun jene fröhliche Weisheit?

Einst begehrte ich nach glücklichen Vogelzeichen: da führtet ihr mir ein Eulen-Untier über den Weg, ein widriges. Ach, wohin floh da meine zärtliche Begierde?

Em verdade, morrestes depressa de mais, ó fugitivas. Mas não fugistes de mim, nem eu de vós: somos inocentes uns para os outros da nossa infidelidade.

Para me matar a *mim* foi que vos estrangularam, ó aves canoras das minhas esperanças! Sim, foi contra vós, amadas, que a maldade sempre disparou setas — para atingir o meu coração!

E acertou! Pois vós éreis o meu mais querido bem, posse minha e minha possessão: *por isso* tivestes de morrer jovens e prematuramente!

Atiraram a flecha contra o que eu tinha de mais vulnerável: contra vós, cuja pele é macia como plumas e mais ainda como um sorriso que morre a um só olhar.

Mas isto quero eu dizer aos meus inimigos: que é todo o homicídio comparado com o que vós me fizestes?

O que me fizestes é pior que todo o homicídio; roubastes-me o irrecuperável — eis o que tenho a dizer-vos, meus inimigos!

Pois vós assassinastes as visões e mais belas maravilhas da minha juventude! Roubastes-me os companheiros de folguedos, os espíritos bem-aventurados! Em sua memória eu deponho esta coroa e esta maldição.

Esta maldição para vós, meus inimigos! Pois me encurtastes o meu quinhão de eterno, como um som que se quebra na noite fria! Mal o vi luzir como um brilho de olhos divinos — como um relance de olhos!

Outrora, em hora propícia, assim falou a minha Pureza: «divinos serão para mim todos os seres».

E então me assaltastes com fantasmas imundos; ai! para onde se foi aquela hora propícia?!

«Todos os dias serão para mim dias santos» — assim disse um dia a Sabedoria da minha juventude: palavras, em verdade, de uma sabedoria alegre!

Mas então me roubastes vós, inimigos, as minhas noites e vendeste-las ao tormento insone: ai! para onde se foi agora aquela alegre Sabedoria?

Allem Ekel gelobte ich einst zu entsagen: da verwandeltet ihr meine Nahen und Nächsten in Eiterbeulen. Ach, wohin floh da mein edelstes Gelöbnis?

Als Blinder ging ich einst selige Wege: da warft ihr Unflat auf den Weg des Blinden: und nun ekelt ihn des alten Blinden-Fußsteigs.

Und als ich mein Schwerstes tat und meiner Überwindungen Sieg feierte: da machtet ihr die, welche mich liebten, schrein, ich tue ihnen am wehesten.

Wahrlich, das war immer euer Tun: ihr vergälltet mir meinen besten Honig und den Fleiss meiner besten Bienen.

Meiner Mildtätigkeit sandtet ihr immer die frechsten Bettler zu; um mein Mitleiden drängtet ihr immer die unheilbar Schamlosen. So verwundetet ihr meine Tugenden in ihrem Glauben.

Und legte ich noch mein Heiligstes zum Opfer hin: flugs stellte eure «Frömmigkeit» ihre fetteren Gaben dazu: also dass im Dampfe eures Fettes noch mein Heiligstes erstickte.

Und einst wollte ich tanzen, wie nie ich noch tanzte: über alle Himmel weg wollte ich tanzen. Da überredetet ihr meinen liebsten Sänger.

Und nun stimmte er eine schaurige dumpfe Weise an; ach, er tutete mir wie ein düsteres Horn zu Ohren!

Mörderischer Sänger, Werkzeug der Bosheit, Unschuldigster! Schon stand ich bereit zum besten Tanze: da mordetest du mit deinen Tönen meine Verzückung!

Nur im Tanze weiß ich der höchsten Dinge Gleichnis zu reden — und nun blieb mir mein höchstes Gleichnis ungeredet in meinen Gliedern!

Ungeredet und unerlöst blieb mir die höchste Hoffnung! Und es starben mir alle Gesichte und Tröstungen meiner Jugend!

Wie ertrug ich's nur? Wie verwand und überwand ich solche Wunden? Wie erstand meine Seele wieder aus diesen Gräbern?

Ja, ein Unverwundbares, Unbegrabbares ist an mir, ein Felsensprengendes: das heißt *mein Wille*. Schweigsam schreitet es und unverändert durch die Jahre.

Outrora ansiei eu por presságios felizes: e então me pusestes no caminho um mocho monstruoso, de mau agouro. Ai! para onde se foi o meu terno anseio?

Outrora jurei renunciar a todo o nojo: e então transformastes os meus próximos em úlceras purulentas. Ai! para onde se foi o meu mais nobre juramento?

Como um cego seguia outrora veredas radiosas: e então vós lançastes imundícies no caminho do cego: e agora ele tem nojo do seu carreiro antigo.

E quando levei a cabo a minha mais difícil tarefa e festejei o triunfo das vitórias sobre mim mesmo, então fizestes gritar aos que me amavam que nunca eu lhes fizera tanto mal.

Em verdade, foi sempre assim que procedestes: amargurastes-me o meu melhor mel e o zelo das minhas melhores abelhas.

À minha caridade enviastes sempre os mendigos mais insolentes; dirigistes sempre à minha compaixão os impudentes incuráveis. Assim feristes as minhas virtudes na sua fé.

E quando oferecia ainda em sacrifício o meu bem mais sagrado, a vossa «piedade» juntava-lhe logo as suas oferendas mais gordas, e nos vapores da vossa gordura sufocou o meu bem mais sagrado.

E quando um dia quis dançar como jamais dançara, dançar para lá de todos os céus, subornastes com as vossas falas o meu melhor cantor.

E então entoou ele uma melodia horrenda e sombria; ai! trombeteou-ma aos ouvidos como uma trombeta rouca.

Cantor assassino, instrumento da maldade, inocente entre todos! Eu estava já pronto para a mais bela das danças: e com os teus sons me mataste o meu enlevo!

Só na dança sei exprimir a parábola das mais altas coisas — e agora a minha mais alta parábola ficou-me inexpressa nos membros!

Inexpressa e não-liberta me ficou a minha mais alta esperança! E morreram-me todas as visões e consolações da minha juventude!

Seinen Gang will er gehn auf meinen Füssen, mein alter Wille; herzenshart ist ihm der Sinn und unverwundbar.

Unverwundbar bin ich allein an meiner Ferse. Immer noch lebst du da und bist dir gleich, Geduldigster! Immer noch brachst du dich durch alle Gräber!

In dir lebt auch noch das Unerlöste meiner Jugend; und als Leben und Jugend sitzest du hoffend hier auf gelben Grab-Trümmern.

Ja, noch bist du mir aller Gräber Zertrümmerer: Heil dir, mein Wille! Und nur wo Gräber sind, gibt es Auferstehungen. —

Also sang Zarathustra.

*

Como pude eu suportar isto? Como superei e venci tais feridas? Como foi que a minha alma ressurgiu destes túmulos?

Sim, há em mim algo de invulnerável, de insusceptível de inumação, capaz de rebentar fragas: é a *minha Vontade*. Em silêncio e imutável ela avança através dos anos.

Quer seguir o seu caminho pelos meus pés, a minha velha Vontade; o seu ânimo é duro de coração e invulnerável.

Invulnerável só eu sou no calcanhar. Continuas a viver e a ser igual a ti mesma, ó pacientíssima Vontade! Continuas a irromper de todas as sepulturas!

Em ti vive ainda também todo o não-liberto da minha juventude; e em figura de vida e de juventude estás sentada, cheia de esperança, nos escombros amarelos dos sepulcros.

Sim, continuas a ser o destrutor de todos os sepulcros: Eu te saúdo, ó minha Vontade! E só onde há túmulos é que há ressurreições. —

Assim cantou Zaratustra.

*

DIE SIEBEN SIEGEL

(Oder: das Ja- und Amen-Lied)

1

Wenn ich ein Wahrsager bin und voll jenes wahrsagerischen Geistes, der auf hohem Joche zwischen zwei Meeren wandelt, —

zwischen Vergangenem und Zukünftigem als schwere Wolke wandelt, — schwülen Niederungen feind und allem, was müde ist und nicht sterben noch leben kann:

zum Blitze bereit im dunklen Busen und zum erlösenden Lichtstrahle, schwanger von Blitzen, die ja! sagen, ja! lachen, zu wahrsagerischen Blitzstrahlen: —

— selig aber ist der also Schwangere! Und wahrlich, lange muss als schweres Wetter am Berge hängen, wer einst das Licht der Zukunft zünden soll! —

o wie sollte ich nicht nach der Ewigkeit brünstig sein und nach dem hochzeitlichen Ring der Ringe — dem Ring der Wiederkunft!

Nie noch fand ich das Weib, von dem ich Kinder mochte, es sei denn dieses Weib, das ich liebe: denn ich liebe dich, o Ewigkeit!

Denn ich liebe dich, o Ewigkeit!

OS SETE SELOS

(Ou: A Canção do Sim e do Amen)

1

Se sou profeta e cheio do espírito profético que vagueia sobre alta crista entre dois mares —

entre passado e futuro como nuvem pesada —, hostil a planuras abafadas e a tudo o que é cansado e não sabe viver nem morrer:

nuvem pronta ao relâmpago em seu seio escuro e ao raio libertador, prenhe de relâmpagos que dizem: sim!, que riem: sim! aos raios proféticos: —

— feliz quem assim está prenhe! E em verdade, longo tempo tem de ficar suspenso no flanco do monte como pesada tempestade quem tenha um dia de acender a luz do futuro! —

Oh, como não havia eu de arder de desejo pela Eternidade e pelo anel dos anéis — o anel de núpcias do Retorno!

Inda nunca encontrei a mulher de quem gostasse de ter filhos, a não ser esta mulher que eu amo: porque eu amo-te, ó Eternidade!

Porque eu amo-te, ó Eternidade!

2

Wenn mein Zorn je Gräber brach, Grenzsteine rückte und alte Tafeln zerbrochen in steile Tiefen rollte:

Wenn mein Hohn je vermoderte Worte zerblies, und ich wie ein Besen kam den Kreuzspinnen und als Fegewind alten verdumpften Grabkammern:

Wenn ich je frohlockend saß, wo alte Götter begraben liegen, weltsegnend, weltliebend neben den Denkmalen alter Welt-Verleumder: —

— denn selbst Kirchen und Gottes-Gräber liebe ich, wenn der Himmel erst reinen Auges durch ihre zerbrochenen Decken blickt; gern sitze ich gleich Gras und rotem Mohne auf zerbrochnen Kirchen —

o wie sollte ich nicht nach der Ewigkeit brünstig sein und nach dem hochzeitlichen Ring der Ringe, — dem Ring der Wiederkunft?

Nie noch fand ich das Weib, von dem ich Kinder mochte, es sei denn dieses Weib, das ich liebe: denn ich liebe dich, o Ewigkeit!

Denn ich liebe dich, o Ewigkeit!

3

Wenn je ein Hauch zu mir kam vom schöpferischen Hauche und von jener himmlischen Not, die noch Zufälle zwingt, Sternen-Reigen zu tanzen:

Wenn ich je mit dem Lachen des schöpferischen Blitzes lachte, dem der longe Donner der Tat grollend, aber gehorsam nachfolgt:

Wenn ich je am Göttertisch der Erde mit Göttern Würfel spielte, dass die Erde bebte und brach und Feuerflüsse heraufschnob: —

2

Se a minha cólera jamais arrombou túmulos, desviou marcos e fez rolar despedaçadas velhas tábuas para abismos íngremes:

Se o meu escárnio jamais dispersou ao vento palavras podres, e se fui vassoura para as aranhas cruzeiras e vento que varre velhas e mofentas câmaras tumulares:

Se eu jamais jubiloso me sentei onde jazem sepultos velhos deuses, abençoando o mundo, amando o mundo junto aos monumentos de velhos detractores do mundo: —

— porque eu amo mesmo as igrejas e sepulcros de deuses, desde que o céu de olhar puro olhe através dos seus tectos rotos; e gosto de morar nas igrejas em ruínas como a erva e a papoula rubra —

Oh, como não havia eu de arder de desejo pela Eternidade e pelo anel dos anéis — o anel de núpcias do Retorno?

Inda nunca encontrei a mulher de quem gostasse de ter filhos, a não ser esta mulher que eu amo: porque eu amo-te, ó Eternidade!

Porque eu amo-te, ó Eternidade!

3

Se jamais chegou até mim um sopro do espírito criador e daquela necessidade celeste que obriga mesmo os acasos a dançar rondas de estrelas:

Se jamais ri com o riso do relâmpago criador, a quem segue, resmungão mas obediente, o longo trovão da acção:

Se jamais joguei os dados com os deuses à mesa divina da terra, de tal forma que a terra tremia e se abria e expelia arquejante torrentes de fogo: —

— denn ein Göttertisch ist die Erde, und zitternd von schöpferischen neuen Worten und Götter-Würfen: —

o wie sollte ich nicht nach der Ewigkeit brünstig sein und nach dem hochzeitlichen Ring der Ringe — dem Ring der Wiederkunft?

Nie noch fand ich das Weib, von dem ich Kinder mochte, es sei denn dieses Weib, das ich liebe: denn ich liebe dich, o Ewigkeit!

Denn ich liebe dich, o Ewigkeit!

4

Wenn ich je vollen Zuges trank aus jenem schäumenden Würz- und Mischkruge, in dem alle Dinge gut gemischt sind:

Wenn meine Hand je Fernstes zum Nächsten goss und Feuer zu Geist und Lust zu Leid und Schlimmstes zum Gütigsten:

Wenn ich selber ein Korn bin von jenem erlösenden Salze, welches macht, dass alle Dinge im Mischkruge gut sich mischen: —

— denn es gibt ein Salz, das Gutes mit Bösem bindet; und auch das Böseste ist zum Würzen würdig und zum letzten Überschäumen: —

O wie sollte ich nicht nach der Ewigkeit brünstig sein und nach dem hochzeitlichen Ring der Ringe — dem Ring der Wiederkunft?

Nie noch fand ich das Weib, von dem ich Kinder mochte, es sei denn dieses Weib, das ich liebe: denn ich liebe dich, o Ewigkeit!

Denn ich liebe dich, o Ewigkeit!

5

Wenn ich dem Meere hold bin and allem, was Meeres-Art ist, und am holdesten noch, wenn es mir zornig widerspricht:

— pois a terra é a mesa dos deuses e treme de palavras novas e criadoras e dos lanços de dados dos deuses: —

Oh, como não havia eu de arder de desejo pela Eternidade e pelo anel dos anéis — o anel de núpcias do Retorno?

Inda nunca encontrei a mulher de quem gostasse de ter filhos, a não ser esta mulher que eu amo: porque eu amo-te, ó Eternidade!

Porque eu amo-te, ó Eternidade!

4

Se jamais bebi a longos tragos da cratera espumante onde as ervas aromáticas se misturam bem com todas as coisas:

Se a minha mão jamais misturou o mais longínquo com o mais próximo, e o fogo com o espírito e a alegria com a dor e o pior com o melhor:

Se eu mesmo sou um grão daquele sal libertador que faz com que todas as coisas se misturem bem na cratera: —

— porque há um sal que liga o bem ao mal; e mesmo o pior é digno de servir de condimento e de fazer trasbordar a espuma do vaso: —

Oh, como não havia eu de arder de desejo pela Eternidade e pelo anel dos anéis — o anel de núpcias do Retorno?

Inda nunca encontrei a mulher de quem gostasse de ter filhos, a não ser esta mulher que eu amo: porque eu amo-te, ó Eternidade!

Porque eu amo-te, ó Eternidade!

5

Se gosto do mar e de tudo o que é da estirpe do mar, e se mais gosto dele quando mais furiosamente ele me contradiz:

Wenn jene suchende Lust in mir ist, die nach Unentdecktem die Segel treibt, wenn eine Seefahrer-Lust in meiner Lust ist:

Wenn je mein Frohlocken rief: «die Küste schwand — nun fiel mir die letzte Kette ab —

— das Grenzenlose braust um mich, weit hinaus glänzt mir Raum und Zeit, wohlan! wohlauf! altes Herz!» —

O wie sollte ich nicht nach der Ewigkeit brünstig sein und nach dem hochzeitlichen Ring der Ringe, — dem Ring der Wiederkunft?

Nie noch fand ich das Weib, von dem ich Kinder mochte, es sei denn dieses Weib, das ich liebe: denn ich lieb dich, o Ewigkeit!

Denn ich liebe dich, o Ewigkeit!

6

Wenn meine Tugend eines Tänzers Tugend ist, und ich oft mit beiden Füssen in gold-smaragdenes Entzücken sprang:

Wenn meine Bosheit eine lachende Bosheit ist, heimisch unter Rosenhängen und Lilien-Hecken:

— im Lachen nämlich ist alles Böse beieinander, aber heilig- und losgesprochen durch seine eigne Seligkeit: —

Und wenn das mein A und O ist, dass alles Schwere leicht, aller Leib Tänzer, aller Geist Vogel werde: und wahrlich, das ist mein A und O! —

O wie sollte ich nicht nach der Ewigkeit brünstig sein und nach dem hochzeitlichen Ring der Ringe — dem Ring der Wiederkunft!

Nie noch fand ich das Weib, von dem ich Kinder mochte, es sei denn dieses Weib, das ich liebe: denn ich liebe dich, o Ewigkeit!

Denn ich liebe dich, o Ewigkeit!

Se há em mim aquele prazer de busca que impele as velas para o desconhecido, se no meu prazer há o prazer do navegante:

Se jamais o meu júbilo gritou: «Desapareceu a costa — caiu a minha última amarra —

— o Infinito envolve-me, até lá ao longe brilha o espaço e o tempo, eia! coragem! velho coração!» —

Oh, como não havia eu de arder de desejo pela Eternidade e pelo anel dos anéis — o anel de núpcias do Retorno?

Inda nunca encontrei a mulher de quem gostasse de ter filhos, a não ser esta mulher que eu amo: porque eu amo-te, ó Eternidade!

Porque eu amo-te, o Eternidade!

6

Se a minha virtude é a virtude do bailador e eu muitas vezes saltei a pés juntos para um êxtase de ouro e esmeralda:

Se a minha maldade é uma maldade ridente, que se sente em casa nos roseirais e nas sebes de lírios:

— pois no riso se junta toda a maldade, mas santificada e liberta pela sua própria alegria: —

E se o meu Alfa e Omega é que tudo o que é pesado se faça leve, todo o corpo, bailarino, todo o espírito, ave: e, na verdade, é isso o meu Alfa e Omega! —

Oh, como não havia eu de arder de desejo pela Eternidade e pelo anel dos anéis — o anel de núpcias do Retorno!

Inda nunca encontrei a mulher de quem gostasse de ter filhos, a não ser esta mulher que eu amo: porque eu amo-te, ó Eternidade!

Porque eu amo-te, ó Eternidade!

7

Wenn ich je stille Himmel über mir ausspannte und mit eignen Flügeln in eigne Himmel flog:

Wenn ich spielend in tiefen Licht-Fernen schwamm, und meiner Freiheit Vogel-Weisheit kam: —

— so aber spricht Vogel-Weisheit: «Siehe, es gibt kein Oben, kein Unten! Wirf dich umher, hinaus, zurück, du Leichter! Singe! sprich nicht mehr!

— sind alle Worte nicht für die Schweren gemacht? Lügen dem Leichten nicht alle Worte! Singe! sprich nicht mehr!»

O wie sollte ich nicht nach der Ewigkeit brünstig sein und nach dem hochzeitlichen Ring der Ringe — dem Ring der Wiederkunft?

Nie noch fand ich das Weib, von dem ich Kinder mochte, es sei denn dieses Weib, das ich liebe: denn ich liebe dich, o Ewigkeit!

Denn ich liebe dich, o Ewigkeit!

*

7

Se jamais desdobrei por sobre mim céus tranquilos e voei para os meus próprios céus com asas próprias:

Se brincando nadei em fundos longes de luz e me chegou a ave-sabedoria da minha liberdade: —

— mas a ave-sabedoria diz assim: «Olha, não há alto nem baixo! Atira-te em todos os sentidos, pra a frente, pra trás, criatura leve! Canta! não fales mais!

— pois não são todas as palavras feitas para os pesados? Não mentem ao que é leve todas as palavras? Canta! não fales mais!»

Oh, como não havia eu de arder de desejo pela Eternidade e pelo anel dos anéis — o anel de núpcias do Retorno?

Inda nunca encontrei a mulher de quem gostasse de ter filhos, a não ser esta mulher que eu amo: porque eu amo-te, ó Eternidade!

Porque eu amo-te, ó Eternidade!

*

DAS TRUNKNE LIED

1

Inzwischen aber war einer nach dem andern hinausgetreten ins Freie und in die kühle nachdenkliche Nacht; Zarathustra selber aber führte den hässlichsten Menschen an der Hand, dass er ihm seine Nacht-Welt und den großen runden Mond und die silbernen Wasserstürze bei seiner Höhle zeige. Da standen sie endlich still beieinander, lauter alte Leute, aber mit einem getrösteten tapferen Herzen und verwundert bei sich, dass es ihnen auf Erden so wohl war; die Heimlichkeit der Nacht aber kam ihnen näher und näher ans Herz. Und von neuem dachte Zarathustra bei sich: «O wie gut sie mir nun gefallen, diese höheren Menschen!» — aber er sprach es nicht aus, denn er ehrte ihr Glück und ihr Stillschweigen. —

Da aber geschah das, was an jenem erstaunlichen langen Tage das Erstaunlichste war: der hässlichste Mensch begann noch einmal und zum letztenmal zu gurgeln und zu schnauben, und als er es bis zu Worten gebracht hatte, siehe, da sprang eine Frage rund und reinlich aus seinem Munde, eine gute tiefe klare Frage, welche allen, die ihm zuhörten, das Herz im Leibe bewegte.

«Meine Freunde insgesamt», sprach der hässlichste Mensch, «was dünket euch? Um dieses Tages willen — *ich* bin's zum ersten Male zufrieden, dass ich das ganze Leben lebte.

A CANÇÃO DA EMBRIAGUEZ

1

Mas entretanto tinham saído um após outro para o ar livre e para a noite fresca e meditabunda; Zaratustra, porém, conduzia pela mão o Mais Feio dos Homens, para lhe mostrar o seu mundo nocturno e a grande lua redonda e as cascatas de prata junto da sua caverna. Ali pararam todos finalmente, silenciosos, tudo gente velha, mas de coração consolado e corajoso, e admirados no íntimo de se sentirem tão bem na terra; mas o mistério da noite aproximava-se cada vez mais dos seus corações. E de novo Zaratustra pensou consigo: «Oh como eles agora me agradam, estes Homens Superiores!» — mas não o disse, pois lhes respeitava a felicidade e o silêncio. —

Mas então aconteceu a coisa mais estranha daquele longo e estranho dia: o Mais Feio dos Homens começou mais uma vez e pela última vez a gorgolejar e a roncar, e, quando conseguiu arranjar palavras, eis que uma pergunta redonda e pura lhe saltou da boca, uma boa pergunta funda e clara que moveu o coração no peito de todos os que o escutavam.

«Meus amigos todos», disse o Mais Feio dos Homens, «que vos parece? Por amor deste dia — por primeira vez estou *eu* contente de ter vivido a vida toda.

Und dass ich so viel bezeuge, ist mir noch nicht genug. Es lohnt sich auf der Erde zu leben: *ein* Tag, *ein* Fest mit Zarathustra lehrte mich die Erde lieben.

'War das — *das* Leben?' will ich zum Tode sprechen. 'Wohlan! Noch einmal!'

Meine Freunde, was dünket euch? Wollt ihr nicht gleich mir zum Tode sprechen: War *das* — das Leben? Um Zarathustras willen, wohlan! Noch einmal!» — —

Also sprach der hässlichste Mensch; es war aber nicht lange vor Mitternacht. Und was glaubt ihr wohl, dass damals sich zutrug? Sobald die höheren Menschen seine Frage hörten, wurden sie sich mit Einem Male ihrer Verwandlung und Genesung bewusst, und wer ihnen dieselbe gegeben habe: da sprangen sie auf Zarathustra zu, dankend, verehrend, liebkosend, ihm die Hände küssend, so wie es der Art eines Jeden eigen war: also dass Einige lachten, Einige weinten. Der alte Wahrsager aber tanzte vor Vergnügen; und wenn er auch, wie manche Erzähler meinen, damals voll süßen Weines war, so war er gewisslich noch voller des süßen Lebens und hatte aller Müdigkeit abgesagt. Es gibt sogar Solche, die erzählen, dass damals der Esel getanzt habe: nicht umsonst nämlich habe ihm der hässlichste Mensch vorher Wein zu trinken gegeben. Dies mag sich nun so verhalten oder auch anders; und wenn in Wahrheit an jenem Abende der Esel nicht getanzt hat, so geschahen doch damals grössere und seltsamere Wunderdinge als es das Tanzen eines Esels wäre. Kurz, wie das Sprichwort Zarathustra's lautet: «was liegt daran!»

2

Zarathustra aber, als sich dies mit dem hässlichsten Menschen zutrug, stand da, wie ein Trunkener: sein Blick erlosch, seine Zunge

E ainda me não basta dar testemunho disto. Vale a pena viver na terra: *um* só dia, *uma* só festa com Zaratustra ensinou-me a amar a terra.

"Foi então *isto* — a vida?" hei-de eu dizer à morte. "Pois bem! Mais outra vez!"

Meus amigos, que vos parece? Não quereis vós dizer como eu à morte: Foi então *isto* — a vida? Ora pois, por amor de Zaratustra, mais outra vez!» — —

Assim falou o Mais Feio dos Homens; mas não vinha longe a Meia-Noite. E que julgais vós que então se passou? Logo que os Homens Superiores ouviram a sua pergunta, tomaram de repente consciência da sua transformação e da sua cura e de quem lha tinha dado: e então precipitaram-se para Zaratustra, agradecendo-lhe, venerando-o, acariciando-o, beijando-lhe as mãos, conforme a índole de cada um mandava: uns riam, outros choravam. Mas o velho Adivinho dançava de prazer; e embora então estivesse, como vários narradores pretendem, cheio de vinho doce, mais cheio estava por certo de doce vida e renunciara a todo o cansaço. Há mesmo alguns que contam que até o burro dançou então: pois não fora em vão que o Mais Feio dos Homens lhe dera antes vinho a beber. Mas tenha ou não tenha sido assim; e se em verdade naquela noite o burro não dançou, outros prodígios aconteceram então, maiores e mais estranhos do que um burro dançar. Enfim, como diz o provérbio de Zaratustra: «que importa isso!»

2

Mas Zaratustra, enquanto isto acontecia com o Mais Feio dos Homens, estava para ali como um bêbedo: o seu olhar apagara-se,

lallte, seine Füsse schwankten. Und wer möchte auch erraten, welche Gedanken dabei über Zarathustra's Seele liefen? Ersichtlich aber wich sein Geist zurück und floh voraus und war in weiten Fernen und gleichsam «auf hohem Joche», wie geschrieben steht, zwischen zwei Meeren,

— zwischen Vergangenem und Zukünftigem als schwere Wolke wandelnd.» Allgemach aber, während ihn die höheren Menschen in den Armen hielten, kam er ein Wenig zu sich selber zurück und wehrte mit den Händen dem Gedränge der Verehrenden und Besorgten; doch sprach er nicht. Mit Einem Male aber wandte er schnell den Kopf, denn er schien Etwas zu hören: da legte er den Finger an den Mund und sprach: «*Kommt!*»

Und alsbald wurde es rings still und heimlich; aus der Tiefe aber kam langsam der Klang einer Glocke herauf. Zarathustra horchte darnach, gleich den höheren Menschen; dann aber legte er zum andern Male den Finger an den Mund und sprach wiederum: «*Kommt! Kommt! Es geht gen Mitternacht!*» — und seine Stimme hatte sich verwandelt. Aber immer noch rührte er sich nicht von der Stelle: da wurde es noch stiller und heimlicher, und Alles horchte, auch der Esel, und Zarathustra's Ehrentiere, der Adler und die Schlange, insgleichen die Höhle Zarathustra's und der grosse kühle Mond und die Nacht selber. Zarathustra aber legte zum dritten Male die Hand an den Mund und sprach:

Kommt! Kommt! Kommt! Lasst uns jetzo wandeln! Es ist die Stunde: lasst uns in die Nacht wandeln!

3

Ihr höheren Menschen, es geht gen Mitternacht: da will ich euch Etwas in die Ohren sagen, wie jene alte Glocke es mir in's Ohr sagt, —

a língua tartamudeava-lhe, vacilavam-lhe os pés. E quem poderia adivinhar os pensamentos que então percorriam a alma de Zaratustra? Manifestamente, porém, o seu espírito retirava-se e fugia e demorava-se lá muito longe e como que «numa crista elevada entre dois mares», como está escrito,

— «vagueando como pesada nuvem entre passado e futuro». Mas pouco a pouco, enquanto os Homens Superiores o seguravam nos braços, regressou ele um tanto a si e afastou com ambas as mãos os veneradores cuidosos que o apertavam; mas não disse nada. De repente, porém, voltou vivamente a cabeça, pois parecia ter ouvido qualquer coisa: pôs então o dedo nos lábios e disse: *«Vinde!»*

E logo em volta tudo caiu em secreto silêncio; mas das profundezas ergueu-se vagarosamente um som de sino. Zaratustra pôs-se à escuta, bem como os Homens Superiores; mas então levou de novo o dedo aos lábios e disse outra vez: *«Vinde! Vinde! A Meia-Noite aproxima-se!»* — e a sua voz tinha-se transformado. Mas continuava a não se mexer donde estava: então cresceu ainda mais o silêncio misterioso, e tudo se pôs à escuta, até o burro e os bichos heráldicos de Zaratustra, a águia e a cobra, e também a caverna de Zaratustra e a grande lua fria e a própria noite. Zaratustra, porém, pousou por terceira vez a mão nos lábios e disse:

Vinde! Vinde! Vinde! Ponhamo-nos agora a caminho! É a hora: ponhamo-nos a caminho noite dentro!

3

Ó Homens Superiores, aproxima-se a Meia-Noite; vou, pois, dizer-vos aos ouvidos o que aquele velho sino me diz também ao ouvido, —

— so heimlich, so schrecklich, so herzlich, wie jene Mitternachts-Glocke zu mir es redet, die mehr erlebt hat als Ein Mensch:

— welche schon eurer Väter Herzens-Schmerzens-Schläge abzählte — ach! ach! wie sie seufzt! wie sie im Traume lacht! die alte tiefe tiefe Mitternacht!

Still! Still! Da hört sich Manches, das am Tage nicht laut werden darf; nun aber, bei kühler Luft, da auch aller Lärm eurer Herzen stille ward, —

— nun redet es, nun hört es sich, nun schleicht es sich in nächtliche überwache Seelen: ach! ach! wie sie seufzt! wie sie im Traume lacht!

— hörst du's nicht, wie sie heimlich, schrecklich, herzlich zu dir redet, die alte tiefe tiefe Mitternacht?

O Mensch, gib Acht!

4

Wehe mir! Wo ist die Zeit hin? Sank ich nicht in tiefe Brunnen? Die Welt schläft —

Ach! Ach! Der Hund heult, der Mond scheint. Lieber will ich sterben, sterben, als euch sagen, was mein Mitternachts-Herz eben denkt.

Nun starb ich schon. Es ist dahin. Spinne, was spinnst du um mich? Willst du Blut? Ach! Ach! der Tau fällt, die Stunde kommt —

— die Stunde, wo mich fröstelt und friert, die fragt und fragt und fragt: «wer hat Herz genug dazu?

— wer soll der Erde Herr sein? Wer will sagen: so sollt ihr laufen, ihr großen und kleinen Ströme!»

— die Stunde naht: oh Mensch, du höherer Mensch, gib Acht! diese Rede ist für feine Ohren, für deine Ohren — *was spricht die tiefe Mitternacht*?

— tão secretamente, tão terrivelmente, tão afectuosamente como mo diz a mim aquele sino da Meia-Noite, que viveu mais do que qualquer homem:

— que contou já as pancadas dolorosas dos corações de vossos pais — ai! ai! como ela suspira! como se ri em sonho! a velha, funda, funda Meia-Noite!

Silêncio! Silêncio! Agora se ouvem coisas que de dia se não podem fazer ouvir; mas agora, pelo ar fresco, agora que todo o ruído dos vossos corações se acalmou também, —

— agora fala, agora ouve-se, agora penetra nas almas nocturnas e lucidamente despertas: ai! ai! como ela suspira! como se ri em sonho!

— não ouves como ela secretamente, terrivelmente, afectuosamente fala para *ti*, a velha, funda, funda Meia-Noite?

Ó Homem! Atenção!

4

Ai de mim! Para onde foi o tempo? Não me afundei eu em poços fundos? O mundo dorme —

Ai! Ai! O cão ladra, a lua brilha. Antes quero morrer, morrer, do que dizer-vos o que neste momento pensa o meu coração da Meia-Noite.

Estou já morto. Tudo acabou. Aranha, porque me envolves na tua teia? Queres sangue? Ai! Ai! cai o orvalho, a hora vem —

— a hora em que sinto arrepios e tremo de frio, que pergunta e pergunta e pergunta: «quem tem coração bastante para isso?

— quem será senhor da terra? Quem ousará dizer: é assim que deveis correr, rios grandes e pequenos!»

— a hora aproxima-se: ó Homem, Homem Superior, atenção! esta fala é para orelhas finas, pra as tuas orelhas — *Que diz a funda Meia-Noite?*

5

Es trägt mich dahin, meine Seele tanzt. Tagewerk! Tagewerk! Wer soll der Erde Herr sein?

Der Mond ist kühl, der Wind schweigt. Ach! Ach! Flogt ihr schon hoch genug? Ihr tanztet: aber ein Bein ist doch kein Flügel.

Ihr guten Tänzer, nun ist alle Lust vorbei, Wein ward Hefe, jeder Becher ward mürbe, die Gräber stammeln.

Ihr flogt nicht hoch genug: nun stammeln die Gräber «erlöst doch die Toten! Warum ist so lange Nacht? Macht uns nicht der Mond trunken?»

Ihr höheren Menschen, erlöst doch die Gräber, weckt die Leichname auf! Ach, was gräbt noch der Wurm? Es naht, es naht die Stunde, —

— es brummt die Glocke, es schnarrt noch das Herz, es gräbt noch der Holzwurm, der Herzenswurm. Ach! Ach! *Die Welt ist tief!*

6

Süße Leier! Süße Leier! Ich liebe deinen Ton, deinen trunkenen Unken-Ton! — wie lang her, wie fern her kommt mir dein Ton, weit her, von den Teichen der Liebe!

Du alte Glocke, du süße Leier! Jeder Schmerz riss dir in's Herz, Vaterschmerz, Väterschmerz, Urväterschmerz, deine Rede wurde reif, —

— reif gleich goldenem Herbste und Nachmittage, gleich meinem Einsiedlerherzen — nun redest du: die Welt selber ward reif, die Traube bräunt,

— nun will sie sterben, vor Glück sterben. Ihr höheren Menschen, riecht ihr's nicht? Es quillt heimlich ein Geruch herauf,

5

Sinto-me arrebatado, a minha alma dança. Tarefa! Tarefa! Quem será senhor da terra?

A lua é fresca, calou-se o vento. Ai! Ai! Voastes já alto bastante? Vós dançastes: mas uma perna inda não é uma asa.

Ó bons bailadores, lá se foi toda a alegria: o vinho fez-se borra, os copos quebradiços, gaguejam as sepulturas.

Não voastes alto bastante: agora as sepulturas gaguejam: «Libertai os mortos! Porque é que a noite é tão longa? Não nos embriaga o luar?»

Ó Homens Superiores, libertai, pois, as sepulturas, acordai os cadáveres! Ai! porque é que o verme rói ainda ? À hora aproxima-se, aproxima-se, —

— ruge o sino, range ainda o coração, rói ainda o bicho da madeira, o bicho do coração. Ai! Ai! *O mundo é fundo!*

6

Doce lira! Doce lira! Eu amo o teu som, o teu som ébrio de sapo! — de quão longe no tempo e no espaço me vem o teu som, de longe, dos charcos do amor!

Ó velho sino, ó doce lira! Cada dor te rasgou até ao coração, dor de pai, dor de avós, dor ancestral; a tua fala amadurou, —

— amadurou como o outono de ouro e a tarde, como o meu coração de solitário — e agora falas: o próprio mundo amadurou, pintam os bagos da uva,

— e agora ela quer morrer, morrer de ventura. Ó Homens Superiores, não vos cheira? Ergue-se secretamente um cheiro,

— ein Duft und Geruch der Ewigkeit, ein rosenseliger, brauner Gold-Wein-Geruch von altem Glücke,

von trunkenem Mitternachts-Sterbeglücke, welches singt: die Welt ist tief, *und tiefer als der Tag gedacht!*

7

Lass mich! Lass mich! Ich bin zu rein für dich. Rühre mich nicht an! Ward meine Welt nicht eben vollkommen?

Meine Haut ist zu rein für deine Hände. Lass mich, du dummer tölpischer dumpfer Tag! Ist die Mitternacht nicht heller?

Die Reinsten sollen der Erde Herrn sein, die Unerkanntesten, Stärksten, die Mitternachts-Seelen, die heller und tiefer sind als jeder Tag.

O Tag, du tappst nach mir? Du tastest nach meinem Glücke? Ich bin dir reich, einsam, eine Schatzgrube, eine Goldkammer?

O Welt, du willst *mich*? Bin ich dir weltlich? Bin ich dir geistlich? Bin ich dir göttlich? Aber Tag und Welt, ihr seid zu plump, —

— habt klügere Hände, greift nach tieferem Glücke, nach tieferem Unglücke, greift nach irgend einem Gotte, greift nicht nach mir:

— mein Unglück, mein Glück ist tief, du wunderlicher Tag, aber doch bin ich kein Gott, keine Gottes-Hölle: *tief ist ihr Weh.*

— um perfume e um cheiro de eternidade, um cheiro de vinho dourado, um cheiro a rosas, um perfume de ventura antiga,

— de ébria ventura-de-morte-à-Meia-Noite, que canta: o mundo é fundo, *e mais fundo do que o dia pensava!*

7

Deixa-me! Deixa-me! Sou puro de mais para ti. Não me toques! Pois não se fez perfeito inda agora o meu mundo?

A minha pele é pura de mais pra as tuas mãos. Deixa-me, dia estúpido, grosseiro, abafado! Pois não é a Meia-Noite mais clara?

Os mais puros serão senhores da terra, os mais ignorados, os mais fortes, as almas-da-Meia-Noite que são mais claras e mais fundas do que qualquer dia.

Ó dia, queres agarrar-me, às apalpadelas? Tacteias para alcançar a minha ventura? Julgas-me rico, solitário, uma mina de tesouros, uma câmara de ouro?

Ó mundo, queres-me, a *mim*? Julgas-me mundano? Julgas-me clerical? Julgas-me divino? Mas, ó dia e mundo, vós sois toscos de mais —,

— tratai de arranjar mãos mais espertas, agarrai ventura mais funda, desventura mais funda, agarrai qualquer deus, não tenteis agarrar-me a mim:

— a minha desventura, a minha ventura é funda, ó dia estranho, mas não sou nenhum deus, nem o inferno de um deus: *funda é a sua dor.*

8

Gottes Weh ist tiefer, du wunderliche Welt! Greife nach Gottes Weh, nicht nach mir! Was bin ich! Eine trunkene süße Leier, —

eine Mitternachts-Leier, eine Glocken-Unke, die Niemand versteht, aber welche reden muss, vor Tauben, ihr höheren Menschen! Denn ihr versteht mich nicht!

Dahin! Dahin! O Jugend! O Mittag! O Nachmittag! Nun kam Abend und Nacht und Mitternacht, — der Hund heult, der Wind:

— ist der Wind nicht ein Hund? Er winselt, er kläfft, er heult. Ach! Ach! wie sie seufzt! wie sie lacht, wie sie röchelt und keucht, die Mitternacht!

Wie sie eben nüchtern spricht, diese trunkene Dichterin! sie übertrat wohl ihre Trunkenheit? sie wurde überwach? sie käut zurück?

— ihr Weh käut sie zurück, im Traume, die alte tiefe Mitternacht, und mehr noch ihre Lust. Lust nämlich, wenn schon Weh tief ist: *Lust ist tiefer noch als Herzeleid.*

9

Du Weinstock! Was preisest du mich? Ich schnitt dich doch! Ich bin grausam, du blutest —: was will dein Lob meiner trunkenen Grausamkeit?

«Was vollkommen ward, alles Reife — will sterben!» so redest du. Gesegnet, gesegnet sei das Winzermesser! Aber alles Unreife will leben: wehe!

Weh spricht: «Vergeh! Weg, du Wehe!» Aber Alles, was leidet, will leben, dass es reif werde und lustig und sehnsüchtig,

8

A dor de Deus é mais funda, ó mundo estranho! Agarra a dor de Deus, não a mim! Que sou eu?! Uma doce lira ébria —,

— uma lira da Meia-Noite, um sapo-sino que ninguém entende mas que *tem* de falar diante de surdos, ó Homens Superiores! Pois vós não me entendeis!

Foi-se! Passou! Ó juventude! O meio-dia! Ó tarde! Agora veio o anoitecer e a noite e a Meia-Noite —, o cão do vento uiva:

— pois não é o vento um cão? Põe-se a ganir, a ladrar, a uivar. Ai! como ela geme! como ela ri, como ela resfolga e arfa, a Meia-Noite!

Como ela agora fala sóbria, a poetisa ébria! Afogou talvez no vinho a própria bebedeira? fez-se super-lúcida? rumina?

— rumina em sonho a sua dor, a velha e funda Meia-Noite, rumina inda mais a sua alegria. É que a alegria, se a dor é já funda, *a alegria é mais funda ainda que o pesar.*

9

Ó videira! porque me louvas? Fui eu que te podei! Sou cruel, tu sangras —: que é que o teu louvor quer da minha ébria crueldade?

«O que se fez perfeito, o que está maduro — quer morrer!» dizes tu. Abençoada, abençoada seja a faca do podador! Mas tudo o que está ainda verde quer viver: ai!

A dor diz: «Morre! Vai-te, ó dor!» Mas tudo o que sofre quer viver, para amadurar, pra se alegrar e desejar,

— sehnsüchtig nach Fernerem, Höherem, Hellerem. «Ich will Erben, so spricht Alles, was leidet, ich will Kinder, ich will nicht *mich*», —

Lust aber will nicht Erben, nicht Kinder, — Lust will sich selber, will Ewigkeit, will Wiederkunft, will Alles-sich-ewig-gleich.

Weh spricht: «Brich, blute, Herz! Wandle, Bein! Flügel, flieg! Hinan! Hinauf! Schmerz!» Wohlan! Wohlauf! Oh mein altes Herz: Weh spricht: *«vergeh!»*

10

Ihr höheren Menschen, was dünket euch? Bin ich ein Wahrsager? Ein Träumender? Trunkener? Ein Traumdeuter? Eine Mitternachts--Glocke?

Ein Tropfen Tau's? Ein Dunst und Duft der Ewigkeit? Hört ihr's nicht? Riecht ihr's nicht? Eben ward meine Welt vollkommen, Mitternacht ist auch Mittag, —

Schmerz ist auch eine Lust, Fluch ist auch ein Segen, Nacht ist auch eine Sonne, — geht davon oder ihr lernt: ein Weiser ist auch ein Narr.

Sagtet ihr jemals ja zu Einer Lust? Oh, meine Freunde, so sagtet ihr Ja auch zu *allem* Wehe. Alle Dinge sind verkettet, verfädelt, verliebt, —

— wolltet ihr jemals Ein Mal Zwei Mal, spracht ihr jemals «du gefällst mir, Glück! Husch! Augenblick!» so wolltet ihr *Alles* zurück!

— Alles von neuem, Alles ewig, Alles verkettet, verfädelt, verliebt, oh so *liebtet* ihr die Welt, —

— ihr Ewigen, liebt sie ewig und allezeit: und auch zum Weh sprecht ihr: vergeh, aber komm zurück! *Denn alle Lust will — Ewigkeit!*

— desejar o mais longínquo, mais alto, mais claro. «Quero herdeiros», diz tudo o que sofre, «quero filhos, não me quero *a mim*», —

mas a alegria não quer herdeiros nem filhos — a alegria quer-se a si mesma, quer eternidade, quer Retorno, quer Tudo-igual-a-si-mesmo.

A dor diz: «Quebra-te, sangra, coração! Anda, perna! Asa, voa! Avante! Pra o alto, Dor!» Pois bem, coragem! ó meu velho coração: A dor diz: *«Passa e morre!»*

10

Ó Homens Superiores, que vos parece? Sou eu adivinho? Sonhador? Ébrio? Intérprete de sonhos? Sino-da-Meia-Noite?

Uma gota de orvalho? Um vapor e perfume de eternidade? Não ouvis? Não vos cheira? Mesmo agora o meu mundo se fez perfeito, a Meia-Noite é também Meio-Dia —,

a dor é também alegria, a maldição é também bênção, a noite é também sol — ide-vos, ou ficais a saber: um sábio é também um louco.

Dissestes jamais sim a uma alegria? Oh, meus amigos, então dissestes também sim a *toda* a dor. Todas as coisas estão encadeadas, enfiadas, ligadas de amor —,

— se quisestes jamais o mesmo segunda vez, se dissestes jamais: «tu agradas-me, ventura! Repente! Momento!» então quisestes o regresso de *tudo*!

— Tudo de novo, tudo eterno, tudo encadeado, enfiado, ligado de amor, oh! então *amastes* o mundo —,

— ó eternos, amai-lo eternamente e pra todo o sempre: e também à dor dizeis: «Passa, mas regressa! *Pois toda a alegria quer — eternidade!*

11

Alle Lust will aller Dinge Ewigkeit, will Honig, will Hefe, will trunkene Mitternacht, will Gräber, will Gräber-Tränen-Trost, will vergüldetes Abendroth —

— was will nicht Lust! sie ist durstiger, herzlicher, hungriger, schrecklicher, heimlicher als alles Weh, sie will sich, sie beißt in *sich*, des Ringes Wille ringt in ihr,

— sie will Liebe, sie will Hass, sie ist überreich, schenkt, wirft weg, bettelt, dass Einer sie nimmt, dankt dem Nehmenden, sie möchte gern gehasst sein,

— so reich ist Lust, dass sie nach Wehe durstet, nach Hölle, nach Hass, nach Schmach, nach dem Krüppel, nach *Welt*, — denn diese Welt, oh ihr kennt sie ja!

Ihr höheren Menschen, nach euch sehnt sie sich, die Lust, die unbändige, selige, — nach eurem Weh, ihr Missratenen! Nach Missratenen sehnt sich alle ewige Lust.

Denn alle Lust will sich selber, drum will sie auch Herzeleid! Oh Glück, oh Schmerz! Oh brich, Herz! Ihr höheren Menschen, lernt es doch, Lust will Ewigkeit,

— Lust will *aller* Dinge Ewigkeit, *will tiefe, tiefe Ewigkeit!*

12

Lerntet ihr nun mein Lied? Errietet ihr, was es will? Wohlan! Wohlauf! Ihr höheren Menschen, so singt mir nun meinen Rundgesang!

11

Toda a alegria quer a eternidade de todas as coisas, quer mel, quer borras, quer ébria Meia-Noite, quer sepulturas, quer consolação-de-lágrimas-de-sepulturas, quer sol-poente dourado —

— o que é que a alegria não quer! ela é mais sedenta, mais terna, mais faminta, mais terrível, mais secreta que toda a dor, quer-se *a si mesma*, morde em si, nela luta e se torce a vontade do anel, —

— quer amor, quer ódio, é super-abundante de riqueza, dá, desperdiça, mendiga que alguém a tome, agradece a quem a toma, gostaria que a odiassem —,

— tão rica é a alegria que tem sede de dor, de inferno, de ódio, de opróbio, de aleijão, de *mundo* —, pois este mundo, oh, vós bem o conheceis!

Ó Homens Superiores, anseia por vós a alegria, a indomável, feliz — pela vossa dor, ó malogrados! Pelo que é malogrado anseia toda a eterna alegria.

Pois toda a alegria quer-se a si mesma, por isso quer também o pesar! Ó ventura, ó dor! Oh, quebra-te, coração! Ó Homens Superiores, aprendei, pois, a alegria quer eternidade,

— a alegria quer a eternidade de *todas* as coisas, *quer funda, funda eternidade!*

12

Aprendestes agora a minha canção? Adivinhastes o que ela quer dizer? Ora, pois! Coragem! Homens Superiores, cantai-me agora o meu estribilho!

Singt mir nun selber das Lied, dess Name ist «Noch ein Mal», dess Sinn ist «in alle Ewigkeit!» — singt, ihr höheren Menschen, Zarathustra's Rundgesang!

O Mensch, Gib acht!
Was spricht die tiefe Mitternacht?
«Ich schlief, ich schlief —,
Aus tiefem Traum bin ich erwacht: —
Die Welt ist tief,
Und tiefer als der Tag gedacht.
Tief ist ihr Weh —,
Lust — tiefer noch als Herzeleid:
Weh spricht: Vergeh!
Doch alle Lust will Ewigkeit —
— will tiefe, tiefe Ewigkeit!»

*

*   *

Cantai-me a canção que se chama «Mais outra vez», cujo sentido é «pra toda a eternidade!» — cantai, ó Homens Superiores, o estribilho de Zaratustra!

Ó Homem! Atenção!
Que diz a funda Meia-Noite?
«Estava a dormir, a dormir —,
De um sonho fundo acordei: —
O mundo é fundo,
E mais fundo do que o dia pensava.
Funda é a sua dor —,
A alegria — mais funda ainda que o pesar:
A dor diz: Passa e morre!
Toda a alegria, porém, quer eternidade —,
— quer funda, funda eternidade!»

*
* *

NOTAS

NOTAS

ABREVIATURAS USADAS:

AB = *Friedrich Nietzsche, Werke herausgegeben von Alfred Baeumler*, vol. V, Alfred Kröner Verlag. Lípsia, 1930.

KS = *Friedrich Nietzsche, Werke in drei Bänden herausgegeben von Karl Schlechta*, Carl Hanser Verlag, Munique, 1956. — Sempre que não haja outra indicação, o volume utilizado é o 2.º — É esta a edição das Obras de Nietzsche fundamentalmente utilizada nesta colectânea.

DITIRAMBOS DIONISÍACOS. — (*KS*, 1237–1267) — A dedicatória a *Catulle Mendès*, que se encontra no verso da primeira folha do manuscrito, falta em todas as edições, excepto em *KS*, de onde a reproduzimos. Acrescentamos-lhe, entre parênteses rectos, a rubrica: «*Dies Sind die Lieder Zarathustras...*» etc., que figura em todas as outras edições, seguindo a primeira, de 1891, organizada por Peter Gast. *V.*, a este respeito, *KS*, III, 1398 e seg. *Págs. 33–107*

NUR NARR! NUR DICHTER! [SÓ LOUCO! SÓ POETA!]. — Lê-se em *Also sprach Zarathustra,* IV Parte, no cap. *Das Lied der Schwermut* (*A Canção da Melancolia*), um dos últimos do livro, onde é cantada à harpa, na ausência de Zaratustra, pelo «velho Encantador», que *Págs. 36–43* se sente assaltado pelo seu «mau espírito da impostura e da magia», o seu «demónio melancólico», esse «demónio do crepúsculo» que o força a exibir-se perante os «Homens Superiores» para quem «o velho Deus morreu» e que ainda não têm «um Deus novo no berço e nas envoltas». É, pois, pela sua boca que canta «o espírito da melancolia vesperal».

A lição dos Ditirambos difere, em alguns pontos importantes, da do *Zaratustra*, mas é essencialmente a mesma. O significado do poema é, no entanto, pelo seu enquadramento em prosa, totalmente diverso do que se sente quando isolado e separado dessas circunstâncias.

Págs. 44–55 DIE WÜSTE WÄCHST: WEH DEM, DER WÜSTEN BIRGT… [O DESERTO CRESCE: AI DE QUEM ACOITA DESERTOS…]. — É, no seu humorismo grotesco, cantado — ou melhor: «rugido» — pelo «Viandante que se chamava a Sombra de Zaratustra», no capítulo «*Unter Töchtern der Wüste*» («*Entre Filhas do Deserto*») da última parte do *Zaratustra.* Algumas edições dos *Ditirambos* dão o poema no seu enquadramento de prosa, de que a seguir damos a tradução. —

ENTRE FILHAS DO DESERTO

«Não te vás embora!» disse o Viandante que se chamava a Sombra de Zaratustra, «fica connosco —, senão é capaz de nos atacar de novo a velha surda tribulação.

Já aquele velho Encantador nos regalou com o pior que tinha, e ora vê, o bom Papa piedoso tem lágrimas nos olhos e fez-se de novo ao Mar da Melancolia.

Estes Reis bem querem ainda fazer cara alegre na nossa frente: mas se não houvesse testemunhas, aposto que também neles começaria outra vez o mau jogo,

— o *mau jogo das nuvens que passam, da húmida melancolia, dos céus nublados, dos sóis roubados, dos ventos uivantes do Outono,*

— o mau jogo dos nossos gemidos e dos nossos gritos de aflição: fica connosco, Zaratustra! Aqui há muita miséria oculta que quer falar, muito crepúsculo, muita nuvem, muito ar carregado!

Tu alimentaste-nos com forte mantença viril e sentenças robustas: não permitas que para sobremesa nos ataquem de novo os moles espíritos feminis!

Só tu fazes forte e claro o ar à tua volta! Achei eu jamais na terra ar tão bom como ao pé de ti, na tua caverna?

Eu vi desvairadas terras, o meu nariz aprendeu a provar e a avaliar ares de toda a sorte: mas é ao pé de ti que as minhas narinas saboreiam o seu maior prazer!

A não ser —, a não ser —, oh! perdoa a velha lembrança! Perdoa-me uma velha canção de sobremesa que compus outrora, entre filhas do deserto.

É que na terra delas havia também bom ar claro do Oriente; lá estava eu o mais longe da nublada, húmida, melancólica Velha-Europa!

Nessa altura amava eu destas raparigas orientais e outro céu azul sobre que não pesam nuvens nem pensamentos.

Não podeis imaginar com que compostura elas ficavam sentadas, quando não dançavam, com ar profundo, mas sem pensamentos, como pequenos mistérios, como enigmas adornados de fitas, como nozes de sobremesa — variegadas e estranhas em verdade! mas sem nuvens: enigmas que se podem adivinhar: por amor destas raparigas foi que eu inventei então um salmo de sobremesa.»

Assim *falou o Viandante que se chamava a Sombra de Zaratustra; e antes que alguém lhe respondesse, já ele tinha pegado na harpa do velho Encantador, cruzou as pernas e olhou sereno e sábio à sua volta: — mas com as narinas sorveu vagaroso e interrogativo o ar, como alguém que em novas terras saboreia um ar novo. Por fim, começou a cantar numa espécie de rugido.*

Segue-se o poema, que não contém os últimos 5 versos do nosso texto. Acaba, portanto, com o verso que, nos *Ditirambos*, lhe serve de título.

A palavra *Sela* (*Selah*) com que terminam várias estrofes é de origem hebraica e aparece no final de certos versos dos *Salmos*; parece ser indicação musical ou litúrgica, ou talvez de uma pausa. O poema é, aliás, como diz o Viandante, «um salmo de sobremesa»...

Alguns comentadores querem ver no ditirambo das filhas do deserto a transposição daquela fatal visita a uma casa de má nota, em Colónia, em Fevereiro de 1865, de que resultou para o Poeta a infecção que foi origem de toda a sua doença e da catástrofe final. Parece não estar certa a afirmação de P. Deussen de que Nietzsche, como Platão, *mulierem nunquam attingit.* — *V.*, p. ex., *Nietzsche devant ses contemporains, textes recueillis et publiés par Geneviève Bianquis, cit.* a pág. x do Prefácio, pág. 42. Sobre a doença de Nietzsche — *parilisia progressiva*, resultante, ao que parece, não de uma, mas de duas infecções — F. E. Salin, *Vom deutschen Verhängnis*, ..., pág. 137 e seg. e págs. 167–169.

Págs. 76–85 KLAGE DER ARIADNE [LAMENTAÇÃO DE ARIADNE]. — É, com excepção da rubrica que anuncia o aparecimento de Diónisos «em beleza esmeraldina» e da fala do próprio deus, a explosão fingida do embusteiro Encantador no capítulo *Der Zauberer* da Parte IV do *Zaratustra.*

A leitura da narrativa em prosa que no romance enquadra o poema é indispensável — mas é também suficiente — para avaliar do novo tom e da nova intenção do Ditirambo transposto da boca do pantomineiro para a da amada de Diónisos. Eis, pois, a sua tradução: —

Mas quando Zaratustra ia a dar a volta a uma fraga, eis que avistou, um pouco abaixo de si, sobre o mesmo caminho, um homem que arremessava os membros como um louco furioso e por fim se atirou de ventre sobre a terra. «Alto!», disse então Zaratustra ao seu próprio coração, «aquele acolá deve ser por certo o Homem Superior; foi dele que veio aquele grito de aflição — vou ver se posso socorrê-lo.»

Mas, quando chegou correndo ao sítio onde o homem jazia por terra, deparou com um velho tremente, de olhos esgazeados; e por mais que Zaratustra se esforçasse por pô-lo outra vez em pé, tudo era em vão. Nem o infeliz parecia notar que alguém estivesse ao pé dele; antes continuava a olhar em volta com gestos comoventes, como alguém solitário e abandonado de todo o mundo. Mas por fim, depois de muito tremer, agitar-se e contorcer-se, começou a lamentar-se assim:

(Segue-se o texto do poema, que acaba no verso

Mein letztes — Glück!

Continua depois a narrativa:)

— Mas aqui já Zaratustra não pôde ter mão em si: pegou no bordão e desatou a bater com todas as suas forças no que assim se lamentava. «Alto aí!», gritou-lhe ele, com riso raivoso, «Alto aí, farsante! Moedeiro falso! Mentiroso mestre! Bem te conheço!

Anda lá que eu te aqueço os pés, malandro; conheço bom remédio para esses tais como tu!»

— «Pára!», disse o velho, pondo-se em pé de um salto, «Não batas mais, Zaratustra! Estava só a brincar!

Coisas destas são cá das minhas artes; queria pôr-te à prova ao dar-te esta amostra! E, em verdade, bem me descobriste o jogo!

Mas também tu — me deste boa amostra de ti: tu és duro, *ó sábio Zaratustra! Bates duro com as tuas «verdades», o teu cacete arranca--me —* esta *verdade!»*

— «Basta de lisonjas!», respondeu Zaratustra, ainda irritado e de olhar turvo, «Mestre farsante! Falso és tu: que estás tu a falar — de verdade?!

Pavão dos pavões, mar de vaidade, que é que tu estavas para aí a representar na minha frente, malvado embusteiro, em que havia eu de acreditar quando assim te lamentavas?»

«O que eu estava a representar», disse o velho, «era o Penitente do Espírito*: foste tu que um dia inventaste a palavra! —*

— o *poeta e mago que por fim volta contra si mesmo o próprio espírito, o Transformado que morre de frio às mãos da sua má ciência e consciência.*

E confessa: demoraste, ó Zaratustra, a dar com as minhas artes e mentiras! Tu acreditavas *na minha aflição quando me seguravas a cabeça com ambas as mãos, —*

— eu bem te ouvi lamentar: «Amaram-no pouco, amaram-no muito pouco!» Ter-te enganado a tal ponto, disso se regozija a minha maldade.»

«Podes ter enganado gente ainda mais fina do que eu», disse Zaratustra com dureza. «Eu não estou precavido contra embusteiros, tenho *de ser incauto: assim o quer o meu destino.*

Mas tu — tu tens *de enganar: até aí eu te conheço.»* [...]

Como bem nota E. Bertram (*Nietzsche, Versuch einer Mythologie*, págs. 309–310), neste ditirambo ecoa o tema da poesia juvenil de Nietzsche «*Dem unbekannten Gott*», composta ao abandonar Schulpforta, a célebre escola secundária onde adquiriu os sólidos fundamentos da sua formação humanística. Dirige-se possivelmente a Hölderlin, que foi o seu poeta preferido, e diz assim (*AB*, 457–458):

DEM UNBEKANNTEN GOTT

Noch einmal, eh ich weiter ziehe
und meine Blicke vorwärts sende,
heb' ich vereinsamt meine Hände
zu dir empor, zu dem ich fliehe,
dem ich in tiefster Herzenstiefe
Altäre feierlich geweiht,
dass allezeit
mich deine Stimme wieder riefe.

Darauf erglüht tiefeingeschrieben
das Wort: dem unbekannten Gotte.
Sein bin ich, ob ich in der Frevler Rotte
auch bis zur Stunde bin geblieben:
sein bin ich — und ich fuhl' die Schlingen,
die mich im Kampf darniederziehn
und, mag ich fliehen,
mich doch zu seinem Dienste zwingen.

Ich will dich kennen, Unbekannter,
du tief in meine Seele Greifender,
mein Leben wie ein Sturm Durchschweifender,
du Unfassbarer, mir Verwandter!
Ich will dich kennen, selbst dir dienen.

AO DEUS DESCONHECIDO

Uma vez mais, antes de prosseguir
e de lançar avante o meu olhar,
ergo pra ti sozinho as minhas mãos,
para ti, em quem me refugio,
a quem no mais fundo do meu peito
altares ergui solene,
para que sempre
a tua voz de novo me chamasse.

Sobre eles ardentes fulgem fundo inscritas
as palavras: «Ao Deus desconhecido.»
A ele pertenço, embora entre os culpados
até 'gora também me tenha achado:
a ele pertenço — e sinto bem os laços
que pra baixo me puxam no combate
e, embora eu fuja,
me obrigam a ficar ao seu serviço.

Quero conhecer-te, ó Deus desconhecido
que me tocas a alma até ao fundo,
que como um vendaval a vida me percorres,
Deus inapreensível, comigo aparentado!
Quero conhecer-te, servir-te quero até.

Págs. 109–175 FRAGMENTOS DE DITIRAMBOS DIONISÍACOS [CANÇÕES DE ZARATUSTRA]. — *AB*, 556–579.

Págs. 178–179 ÜBER MEINER HAUSTÜR [POR CIMA DA MINHA PORTA]. — É o mote de *Die fröhliche Wissenschaft* (*A Gaia Ciência*), *KS*, 7.

Págs. 178–193 Os poemas desde MEIN GLÜCK [A MINHA VENTURA] até STERNEN-MORAL [MORAL DE ESTRELA] pertencem a «*Scherz, List und Rache*», *Vorspiel in deutschen Reimen*, prelúdio poético a *Die fröhliche Wissenschaft.* Têm em *KS*, 17–32, os números seguintes: 2, 3, 4, 6, 7, 8, 9, 10, 11, 12, 13, 14, 16, 17, 18, 20, 23, 24, 26, 27, 29, 30, 31, 32, 34, 35, 38, 40, 41, 43, 46, 47, 48, 49, 53, 56, 57, 60, 61, 62, 63.

Págs. 186–187 AUFWÄRTS [PRA O ALTO]. — *Cf.* com o passo do capítulo *Vom höheren Menschen* da Parte IV do *Zaratustra* (*KS*, 526): *Wollt ihr hoch hinaus, so braucht die eignen Beine! Lasst euch nicht empor tragen, setzt euch nicht auf fremde Rücken und Köpfe!* — «Se quiserdes subir alto, servi-vos das próprias pernas! Não deixeis que vos levem, não vos senteis em costas e cabeças alheias!»

Págs. 190–191 MEINE HÄRTE [A MINHA DUREZA]. — *Cf. com o* § 29 do capítulo *Von alten und neuen Tafeln* da Parte III do *Zaratustra* (*KS*, 460):

«*Warum so hart!*» — *sprach zum Diamanten einst die Küchen-Kohle;* «*sind wir denn nicht Nah-Verwandte?*» —

Warum so weich? O meine Brüder, also frage ich *euch: seid ihr denn nicht — meine Brüder? [...]*

Die Schaffenden nämlich sind hart. Und Seligkeit muss es euch dünken, eure Hand auf Jahrtausenden zu drücken wie auf Wachs, —

— Seligkeit, auf dem Willen von Jahrtausenden zu schreiben wie auf Erz, — härter als Erz, edler als Erz. Ganz hart ist allein das Edelste.

Diese neue Tafel, o meine Brüder, stelle ich über euch: werdet hart! —

«Porquê tão duro!» — disse um dia ao diamante o carvão de cozinha; «pois não somos nós parentes próximos?» —

Porquê tão moles? Ó meus irmãos, assim pergunto *eu* a vós: pois não sois vós — meus irmãos? [...]

Pois os criadores são duros, e tendes de sentir a felicidade de imprimir a vossa mão sobre milénios como sobre cera —

— a felicidade de escrever na vontade dos milénios como sobre bronze —, em metal mais duro do que o bronze, mais nobre do que o bronze. Só o metal mais nobre é também o mais duro.

Eis a nova tábua que eu ergo sobre vós: *fazei-vos duros!* —

DER WANDRER [O CAMINHANTE]. — *Cf.* com o §4 do capítulo *Vom höheren Menschen* da Parte IV do *Zaratustra* (*KS*, 524): *Págs. 192–193*

[...] Herz hat, wer Furcht kennt, aber Furcht zwingt*; wer den Abgrund sieht, aber mit* Stolz.

Wer den Abgrund sieht, aber mit Adlers-Augen, — wer mit Adlers-Krallen den Abgrund fasst*: der hat Mut.* —

[...] Coragem tem-na quem conhece o medo, mas *domina* o medo; quem vê o abismo, mas com *altivez.*

Quem vê o abismo, mas com olhos de águia, — quem com garras de águia *agarra* o abismo: esse é que tem coragem. —

Os poemas aqui transcritos — com excepção do das págs. 216–217 (v. nota seguinte) — são do apêndice a *Die fröhliche Wissenschaft: Lieder des Prinzen Vogelfrei* (*KS*, 263 e segs.).

Págs. 216–217 VOGEL ALBATROSS [O ALBATRÓS]. — *AB*, 476. É a primeira versão do poema *Liebeserklärung* (*Declaração de Amor*) dos *Lieder des Prinzen Vogelfrei.* Difere da versão definitiva apenas por nesta ter desaparecido a segunda estrofe.

Págs. 222–223 NACH NEUEN MEEREN [PARA NOVOS MARES]. — A 22 de Fevereiro de 1884, escrevia Nietzsche de Nice a E. Rohde: «*Inzwischen gehe ich meinen Gang weiter, eigentlich ist's eine Fahrt, eine Meerfahrt — und ich habe nicht umsonst jahrelang in der Stadt des Kolumbus gelebt.*» — «Continuo entretanto o meu caminho, que é propriamente uma viagem, uma viagem por mar — e não foi em vão que eu vivi anos seguidos na cidade de Colombo.»

Págs. 224–225 SILS-MARIA. — Deve ser do Verão de 1884. Sobre Sils-Maria como «lugar de origem do Zaratustrismo», *v.* as cartas de Nietzsche a Peter Gast de 25 de Julho e 2 de Setembro desse ano.

Págs. 226–231 AN DEN MISTRAL [AO MISTRAL]. — Em *Ecce Homo* (*KS*, 1127) chama Nietzsche a este poema «*ein ausgelassenes Tanzlied, in dem, mit Verlaub! über die Moral hinweggetanzt wird...*» — «uma canção bailada desenfreada, na qual (com licença!) se passa bailando para lá de toda a moral...»

Págs. 232–233 SPIEL DER GEDANKEN [Ó JOGO DOS PENSAMENTOS...]. — *AB*, 510, onde aparece com a indicação de pertencer ao prefácio não utilizado de *Menschliches, Allzumenschliches.*

Págs. 234–237 UNTER FREUNDEN [ENTRE AMIGOS]. — *KS*, I, 732–733 — É o epílogo ao vol. I de *Menschliches, Allzumenschliches.*

AN DIE FREUNDSCHAFT [À AMIZADE]. — *AB*, 477–478. *Págs. 238–241*

MORGEN IST VORBEI... [A MANHÃ PASSOU...]. — *AB*, 478. *Págs. 242–243*

VORSICHT: GIFT! [CUIDADO: VENENO!]. — *AB*, 498. *Págs. 242–243*

AUS DEM PARADIESE [CENA NO PARAÍSO]. — *AB*, 498. *Págs. 244–245*

DER «ECHTE DEUTSCHE» [O «PURO ALEMÃO»]. — *AB*, 500. *Págs. 244–245*

FREUND YORIK, MUT!... [CORAGEM, AMIGO YORIK!...]. — *AB*, 499. *Págs. 246–247*

«FREUNDE, ES GIBT KEINE FREUNDE!» [«AMIGOS, NÃO HÁ AMIGOS»]. — *AB*, 504. É o fecho do aforismo 376 de *Menschliches, Allzumenschliches* (*KS*, I, 645). *Págs. 248–249*

AN DAS IDEAL [AO IDEAL]. — *AB*, 505. *Págs. 248–249*

WER VIEL EINST ZU VERKÜNDEN HAT... [QUEM UM DIA HÁ-DE TER MUITO A PROCLAMAR...]. — *AB*, 505. *Págs. 250–251*

PINIE UND BLITZ [O PINHEIRO E O RAIO]. — *AB*, 506. Cf. o passo do *Zaratustra* citado no Prefácio, págs. 21–23, mais o seguinte, também do *Zaratustra*, capítulo *Vom höheren Menschen* (*KS*, 525): — *so allein wächst der Mensch in die Höhe, wo der Blitz ihn trifft und zerbricht: hoch genug für den Blitz!* — «só assim é que o homem cresce para o alto, onde o raio o atinge e destrói: alto bastante para o raio!» *Págs. 250–251*

LEBENSREGELN [REGRAS DE BEM-VIVER]. — *AB*, 506. *Págs. 252–253*

DER SCHÖNSTE LEIB — EIN SCHLEIER NUR... [O MAIS BELO CORPO — UM VÉU APENAS...]. — *AB*, 507. *Págs. 252–253*

VERDRUSS DES STOLZEN [ENFADO DO ORGULHOSO]. — *AB*, 507. *Págs. 252–253*

Págs. 254–255 RÄTSEL [ENIGMA]. — *AB*, 507.

Págs. 254–255 HIER ROLLTE GOLD... [AQUI OURO ROLOU...]. — *AB*, 508.

Págs. 254–255 FÜR FALSCHE FREUNDE [PARA OS AMIGOS FALSOS]. — *AB*, 509.

Págs. 256–257 ALLE EWIGEN QUELL-BRONNEN... [TODAS AS FONTES ETERNAS...]. — *AB*, 509.

Págs. 256–257 SANCTUS JANUARIUS [SÃO JANUÁRIO]. — *KS*, 161. É o mote do 4.º Livro de *Die fröhliche Wissenschaft.* No capítulo de *Ecce Homo* dedicado a esse livro (*KS*, 1127), diz Nietzsche que este poema «exprime a gratidão pelo mais maravilhoso mês de Janeiro que jamais viveu — todo o livro (da *Gaia Ciência*) é uma dádiva —», e que «revela suficientemente a partir de que fundura a "ciência" aqui se fez *alegre*».

Págs. 258–259 «DER WANDERER UND SEIN SCHATTEN». EIN BUCH [«O CAMINHEIRO E A SOMBRA». UM LIVRO]. — *AB*, 511.

Págs. 260–261 «DIE FRÖHLICHE WISSENSCHAFT» [«A GAIA CIÊNCIA»]. — *AB*, 512.

Págs. 260–261 ZWEITE FASSUNG [SEGUNDA VERSÃO]. — *AB*, 512.

Págs. 262–265 DAS WORT [A PALAVRA]. — *AB*, 513.

Págs. 266–267 DER TAG KLINGT AB [O DIA ESMORECE]. — *AB*, 477.

Págs. 266–267 DER EINSAMSTE [O MAIS SOLITÁRIO]. — *AB*, 480. *«...ich verschweige nicht ein immer tieferes Verlangen nach dem Tode»* — «...não quero ocultar que sinto uma saudade cada vez mais funda da morte» — escreve Nietzsche a Franz Overbeck a 14 de Abril de 1887.

DAS TRUNKENE LIED [CANÇÃO DE EMBRIAGUEZ]. — Cf. o último poema em prosa nesta colectânea, págs. 316 e segs. e respectiva nota. *Págs. 268–269*

MITLEID HIN UND HER [PIEDADE PRA CÁ E PRA LÁ]. — *AB*, 478–479. *Págs. 270–273*

VENEDIG [VENEZA]. — *AB*, 480; *KS*, 1093. — Em *Ecce Homo*, no §7 do capítulo *Warum ich so klug bin*, ao falar de música e dos músicos alemães em confronto com os estrangeiros, escreve Nietzsche: «*Wenn ich ein andres Wort für Musik suche, so finde ich immer nur das Wort Venedig. Ich weiß keinen Unterschied zwischen Tränen und Musik zu machen — ich weiß das Glück, den* Süden *nicht ohnne Schauder von Furchtsamkeit zu denken.*» — «Quando busco outra expressão para dizer música, acho sempre só a palavra Veneza. Não sei fazer nenhuma distinção entre lágrimas e música — sei, sim, da felicidade de não pensar o *Sul* sem um arrepio de temor.» E transcreve a seguir este poema. — Quando F. Overbeck acompanha o amigo já louco de Turim para Basileia, em Janeiro de 1889, conta, em carta a Peter Gast (*Nietzsche in seinen Briefen und Berichten der Zeitgenossen*, pág. 524), que Nietzsche, acordando de vez em quando da sonolência provocada pela droga com que o sossegaram, cantava, de noite, «a admirável canção de gondoleiro cuja origem mais tarde descobri, enquanto ao ouvi-lo me parecia misterioso como o cantor era ainda capaz de inventar um *tal* texto, acompanhado, de resto, de uma melodia muito estranha». Era esta canção. *Págs. 274–275*

AUS HOHEN BERGEN [DE ALTOS MONTES]. — *AB*, 481–483; *KS*, 757–759. — A 25 de Julho de 1884, escreve Nietzsche de Sils-Maria a Peter Gast: «*Ich bin [...] lange unterwegs gewesen und habe viele sogenannte "alte Bekannte" (ich sollte sagen: als "neue Unbekannte") aufgesucht und gesprochen. Das war eine Torheit, die mich in jeder Hinsicht gelangweilt und erschöpft hat [...].* Endlich in *Sils-Maria! Endlich Rückkehr zur — Vernunft!*» — «Andei entretanto [...] longo *Págs. 276–283*

tempo por fora e visitei e falei com muitos dos chamados "velhos conhecidos" (deveria dizer: como com "novos desconhecidos"). Foi uma loucura que me aborreceu e esgotou em todos os sentidos [...]. *Finalmente* em Sils-Maria! Finalmente o regresso à — razão!» — É o desencontro definitivo e o alheamento total dos velhos amigos. O próprio grande Jakob Burckhardt se sentira constrangido com a sua visita. O velho professor de Basileia não se sentia à vontade com o antigo colega, actual autor do *Zaratustra*.(1) É o isolamento, a solidão, que se vai agravando nos anos imediatos. Já, de resto, ele sabia há muito tempo, pelo menos desde que escrevera o aforismo 242 do vol. II de *Menschliches, Allzumenschliches* (*KS*, I, 832), que «quando nos modificamos fortemente, os nossos amigos, que não se modificaram, se fazem espectros do nosso próprio passado: a sua voz chega-nos aos ouvidos com um som arrepiante de sombras — como se nos ouvíssemos a nós mesmos, mas mais jovens, mais duros, menos amadurecidos». Dos muitos testemunhos da sua solidão de agora, escolho, como dos mais significativos, o seguinte passo da carta à irmã, de Sils-Maria, 8 de Julho de 1886:

«Onde estão aqueles velhos amigos a quem outrora me sentia tão estreitamente ligado? Agora é como se pertencêssemos a mundos diferentes e não falássemos a mesma língua! Vagueio entre eles como um estranho, um proscrito; nenhuma palavra, nenhum olhar me alcança. Emudeço — pois ninguém entende as minhas palavras — ai, por certo nunca me entenderam! —, ninguém carrega na alma o mesmo destino, o mesmo fardo. É horrível estar condenado ao silêncio quando se tem tanto a dizer [— — —]. Fui eu criado para a solidão ou para não ter ninguém a quem possa comunicar-me?

(1) Sobre as relações de Nietzsche com Burckhardt, leia-se o livro de Edgar Salin, *Vom deutschen Verhängnis, Gespräch an der Zeitenwende: Burckhardt-Nietzsche*, Rowohlt, Hamburgo 1959.

— A incomunicabilidade é, na verdade, o mais terrível de todos os isolamentos, o ser-diferente é máscara mais férrea que qualquer máscara de ferro — e só inter pares *é que há perfeita amizade.* Inter pares! *Palavra que nos inebria: tanta consolação, esperança, aroma, felicidade ela encerra para quem foi sempre necessariamente só; para aquele que é "diferente" — que não encontrou ninguém que exactamente lhe pertencesse, embora fosse bom buscador e buscasse por muitos caminhos, que no convívio teve de ser sempre o homem do disfarce benévolo e prazenteiro, da assimilação buscada e muitas vezes encontrada e que conhece por longuíssima experiência aquele fazer boa cara ao mau jogo que se chama afabilidade — por vezes também, em boa verdade, aquelas explosões perigosas, de rasgar o coração, de toda a desventura encoberta, de toda a ânsia não sufocada, de todas as torrentes represadas e de repente embravecidas do amor —, a loucura repentina daquelas horas em que o solitário abraça um qualquer e o trata como amigo e presente precioso atirado do céu, para uma hora mais tarde o repelir com nojo, com nojo agora de si mesmo, como emporcalhado, humilhado, alheado de si mesmo, como doente da sua própria companhia. Um homem profundo precisa de amigos: a não ser que tenha ainda o seu Deus. — E eu nem tenho Deus nem amigos!*»

E mais adiante: «*A minha saúde é em verdade normalíssima* — só a *pobre alma é tão vulnerável e tão saudosa de bons amigos, de homens "que sejam iguais a mim". Arranja-me uma pequena roda de homens que me queiram ouvir e entender — e eu estarei são!*»

Anos atrás, no fim do Verão de 1884, recebeu Nietzsche em Sils-Maria a visita do jovem Heinrich von Stein, que a 24 de Setembro lhe escrevia de Völkershausen: «*... Os dias de Sils são para mim uma grande lembrança, um pedaço de vida importante e cheio de unção... É manifesto que eu lhe não posso dar nada que o Senhor não possua em maior e melhor abundância. O que é que eu então lhe posso trazer?: companhia e compreensão fiel, do coração. E com isto fique tudo dito...*» (*Nietzsche in seinen Briefen...*, págs. 356–357). — Nietzsche julga encontrar em Heinrich von Stein o discípulo e o amigo que precisava e envia-lhe o poema presente, ainda com o título *Einsiedlers Sehnsucht* (*Nostalgia do Ermitão*), acompanhado das seguintes palavras: «— — — *Isto é para si, meu caro amigo, como lembrança de Sils-Maria e agradecimento pela sua carta, uma* tal *carta!*» Mas H. von Stein não esteve à altura do poema e do Poeta. Wagneriano convicto, comete a desajeitada imprudência de convidar Nietzsche a colaborar por carta nos colóquios sobre Wagner por ele organizados. É o rompimento inevitável. E eis de novo o Filocteto sozinho com as suas chagas, na sua ilha... Mas ele sabe também que, sem as suas setas se não conquista Ílion — e que Zaratustra, «o Amigo do meio-dia», o «amigo na hora boa», o não abandona, e que com ele chegou a hora das núpcias entre a luz e as trevas...

Com o título actual, o poema foi publicado como poslúdio (*Nachgesang*) de *Jenseits von Gut und Böse*.

Págs. 285–335 POEMAS EM PROSA (CINCO CANÇÕES DE ZARATUSTRA). — São todos extraídos de *Also sprach Zarathustra* e podem ler-se, em *KS*, respectivamente, nas págs. 362, 364, 366 (são da Parte II do livro), 473 (o último cap. da Parte III) e 551 (penúltimo cap. da Parte IV).

Págs. 316–335 DAS TRUNKNE LIED [CANÇÃO DA EMBRIAGUEZ]. — O poema final foi já reproduzido atrás, págs. 268–269. A mesma canção aparece ainda, noutro enquadramento, no final do capítulo *Das andere Tanzlied* da Parte III (*KS*, 472–473).

TRADUÇÕES INÉDITAS

NACHGELASSENE FRAGMENTE

2

Du liefst zu rasch:
jetzt erst, wo du müde bist,
holt dein Glück dich ein.

3

eine verschneite Seele, der
ein Tauwind zuredet

5

Den Verwegnen
hütte dich zu warnen!
Um der Warnung willen
läuft er in jeden Abgrund noch.

FRAGMENTOS PÓSTUMOS

2

Correste depressa de mais:
Só agora, que estás cansado,
te alcança a tua ventura.

3

Uma alma coberta de neve, a quem
um vento de degelo quer convencer

5

Ao atrevido
livra-te de o avisar!
Por mor do aviso
acaba por correr pra qualquer abismo.

6

Gut verfolgt,
Schlecht erwischt

8

Ziegen, Gänse und andere
Kreuzfahrer und was sonst je
der heilige Geist
geführt hat

9

sind dies Stelzen?
oder sind's des Stolzes starke Füße?

10

geknickt und knechtisch,
anbrüchig, anrüchig

11

unter euch bin ich immer
wie Öl unter Wasser:
immer obenauf

6

Bem perseguido,
mal agarrado

8

Cabras, gansos e outros
cruzados e tudo o mais que
o Espírito Santo
guiou

9

isto são andas?
ou são os pés fortes do orgulho?

10

quebrados e subjugados,
corruptos, difamados

11

entre vós sou sempre
como o azeite na água:
sempre ao de cima

12

ein Saufladen neben jedem Kaufladen

13

Seines Todes ist man gewiss:
warum wollte man nicht heiter sein?

14

schlecht mit sich selber
verheiratet, unfriedlich,
sein eigener Hausdrache

15

der Himmel steht in Flammen, das Meer
speit nach uns

16

das Meer fletscht die Zähne
gegen dich.

12

uma tasca junto a cada loja

13

A morte temo-la certa:
porque é que não havemos de ser alegres?

14

mal-casado consigo
mesmo, bulhento,
o dragão da própria casa

15

O céu está em chamas, o mar
cospe-nos em cima

16

o mar arreganha os dentes
contra ti.

17

euer Gott, sagt ihr mir,
ist ein Gott der Liebe?
der Gewissensbiss
ist ein Gottesbiss,
ein Biss aus Liebe?

18

unterhalb meines Gipfels
und meines Eises
noch von allen Gürteln
der Liebe umgürtet

20

du musst wieder ins Gedränge:
im Gedränge wird man glatt und hart.
Die Einsamkeit mürbt...
Die Einsamkeit verdirbt...

21

verkennt ihn nicht!
Wohl lacht er
wie ein Blitz:
aber hinterdrein
grollt zornig sein langer Donner.

17

o vosso Deus, dizeis-me,
é um deus de amor?
o remorso
é um mordo de deus,
um mordo de amor?

18

abaixo do meu cume
e do meu gelo
ainda cingido de todos
os cintos do amor

20

tens de entrar outra vez no apertão:
no apertão fazemo-nos lisos e duros.
A solidão amolece...
a solidão corrompe...

21

não vos iludais nele!
É certo que ri
como um relâmpago:
mas logo a seguir
ruge raivoso o seu longo trovão.

22

Schon ahmt er sich selber nach,
schon ward er müde,
schon sucht er sie Wege, die er ging —
und jüngst noch liebte er alles *Unbegangne*!

23

meine Weisheit tat der Sonne gleich:
ich wollte ihnen Licht sein,
aber ich habe sie geblendet;
die Sonne meiner Weisheit stach
diesen Fledermäusen
die Augen aus...

24

sein Mitleid ist hart,
sein Liebesdruck zerdrückt:
gebt einem Riesen nicht die Hand!

25

so ist's jetzt mein Wille:
und seit das mein Wille ist,
geht Alles mir auch nach Wunsche —
Dies war meine letzte Klugheit:
ich wollte das, was ich muss:
damit zwang ich mir jedes «Muss»...
seitdem gibt es für mich kein «Muss»...

22

já se imita a si mesmo,
já se cansou,
já busca os caminhos que andou —
e inda há pouco amava tudo o que *não fora pisado*!

23

a minha sabedoria fez como o Sol:
quis ser luz para eles,
mas ceguei-os;
o Sol da minha sabedoria
arrancou os olhos
a estes morcegos...

24

a sua compaixão é dura,
a pressão do seu amor esmaga:
não deis a mão a um gigante!

25

assim é agora a minha vontade:
e desde que é esta a minha vontade,
tudo me corre como desejo —
Foi esta a minha última esperteza:
eu queria aquilo que tinha de ...:
com isto domei qualquer «Ter de»...
desde então não há pra mim nenhum «Ter de»...

26

Hochmütig gegen kleine
Vorteile: Wo ich der Krämer
lange Finger sehe,
Da gelüstet's mich sofort,
den Kürzeren zu ziehn:
so will's mein spröder Geschmack von mir.

27

kleine Leute,
zutraulich, offenherzig,
aber niedere Türen:
nur Niedriges tritt durch sie ein.

28

willst du bloß der Affe
deines Gottes sein?

29

deine großen Gedanken,
die aus dem Herzen kommen,
und alle deine kleinen
— sie kommen aus dem Kopfe —
sind sie nicht alle *schlecht* gedacht?

26

Orgulhoso perante pequenas
vantagens: onde quer que vejo
os dedos compridos dos traficantes,
sinto logo vontade
de me deixar lograr:
assim o quer de mim o meu gosto esquivo.

27

gente pequena,
confiada, franca,
mas portas baixas:
só o baixo entra por elas.

28

queres ser só o macaco
do teu Deus?

29

os teus grandes pensamentos,
que vêm do coração,
e todos os teus pequenos
— vêm-te da cabeça —
não são eles todos *mal* pensados?

30

hüte dich,
sei nicht der Paukenschläger
deines Schicksals!
gehe aus dem Weg
allen Bumbums des Ruhmes!

32

zürnt mir nicht, dass ich schlief:
ich war nur müde, ich war nicht tot.
Meine Stimme klang böse;
aber bloß Schnarchen und Schnaufen
war's, der Gesang eines müden:
kein Willkomm dem Tode,
keine Grabes-Lockung.

33

unbehülflich wie ein Leichnam,
im Leben schon tot, vergraben

34

strecke die Hand aus nach kleinen Zufällen,
sei lieblich gegen das Unwillkommene:
Gegen sein Schicksal soll man nicht stachlicht sein,
man sei denn ein Igel.

30

acautela-te:
não sejas o timbaleiro
do teu destino!
sai do caminho
de todo o bum-bum da fama!

32

não vos zangueis comigo por ter dormido:
estava só cansado, não estava morto.
A minha voz soava áspera;
mas apenas era ressonar e roncar,
o cantar dum cansado:
não eram boas-vindas à morte,
não era o engodo da sepultura.

33

desajeitado como um cadáver,
já em vida morto, enterrado

34

estende a mão aos pequenos acasos,
sê amável para o que não é bem-vindo:
não é bom eriçar-se contra o destino,
a não ser que se seja ouriço.

35

Steigt ihr,
ist es wahr, dass ihr steigt,
ihr höheren Menschen?
Werdet ihr nicht, verzeiht,
dem Balle gleich
in die Höhe *gedrückt*
— durch euer Niedrigstes?...
flieht ihr nicht vor euch, ihr Steigenden?...

36

mit erdrosseltem Ehrgeize:
unter solchen gelüstet's mich,
der Letzte zu sein —

37

dem Gottesmörder
dem Verführer der Reinsten
dem Freund des Bösen?

40

ihr steifen Weisen
mir ward Alles Spiel

35

Subis,
é verdade que subis,
homens mais altos?
Não sereis vós, perdoai,
como a bola
impelidos pra o alto
— pelo que em vós há de mais baixo?...
não *fugis* de vós, vós que subis?...

36

de ambição esganada:
entre tais agrada-me
ser o último —

37

ao matador de Deus
ao sedutor da Puríssima
ao amigo do Maligno?

40

ó hirtos sábios
pra mim foi tudo brincadeira

41

liebe ich euch?
So liebt der Reiter sein Pferd:
es trägt ihn zu seinem Ziele.

43

du hältst es nicht mehr aus,
dein herrisches Schicksal?
Liebe es, es bleibt die keine Wahl!

44

der Wille erlöst.
Wer nichts zu tun hat, dem macht
ein Nichts zu schaffen.

45

die Einsamkeit
pflanzt nicht: sie reift…
Und dazu noch musst du die Sonne zur Freundin haben.

41

se vos amo?
Como o cavaleiro ama o cavalo
que o leva aonde quer ir.

43

já não o aguentas,
o teu destino orgulhoso?
Ama-o, não tens outra escolha!

44

a vontade salva.
Quem nada tem que fazer, um nada
lhe dá que fazer.

45

a solidão
não planta: amadurece…
E pra isso inda tens de ter o Sol por amigo

47

die Hexe.
wir dachten übel von einander? …
wir waren uns zu fern.
Aber nun, in dieser kleinsten Hütte, angepflockt an Ein Schicksal,
wie sollten wir noch uns feind sein?
man muss sich schon lieben, wenn man sich nicht entlaufen kann

49

ach, dass du glaubtest
verachten zu müssen,
wo du nur verzichtetes! …

50

Stunde des Abends
wo auch noch das Eis
meiner Gipfel glüht!

53

Auf Höhen bin ich heimisch,
nach Höhen verlangt mich nicht.
Ich hebe die Augen nicht empor;
ein Niederschauender bin ich,
Einer, der segnen muss:
alle Segnenden schauen nieder…

47

a Bruxa.
pensávamos mal um do outro?...
estávamos longe de mais um do outro.
Mas agora, nesta choupana minúscula, amarrados à estaca do [mesmo destino,
como havíamos de ser inimigos?
Temos de nos amar quando não podemos escapar-nos

49

ai! julgaste tu
que tinhas de desprezar
onde apenas renunciaste!...

50

Hora do entardecer
onde ainda o gelo
dos meus cumes está em brasa!

53

Nas alturas estou em casa,
não aspiro às alturas.
Eu não levanto os olhos;
eu sou um que olha pra baixo,
um que tem de abençoar:
todos os que abençoam olham pra baixo...

56

Milch fließt
in ihrer Seele; aber wehe!
ihr Geist ist molkicht

57

ein fremder Atem haucht und faucht mich an:
bin ich ein Spiegel, der drob trübe wird?

59

Wahrheiten, die noch kein Lächeln
vergüldet hat;
grüne herbe ungeduldige Wahrheiten
sitzen um mich herum.

60

Oh ihr glühenden Eise alle!
Ihr Gipfelsonnen meines einsamsten Glücks!

62

«zur Hölle geht, wer deine Wege geht?» —
Wohlan! zu meiner Hölle
will ich den Weg mir mit guten Sprüchen pflastern

56

Corre leite
na alma dela; mas, ai!
o seu espírito é soroso

57

um hálito estranho bafeja-me e bufa-me:
sou eu um espelho que com isto fique embaçado?

59

Verdade que nenhum sorriso
dourou ainda;
verdades verdes acres impacientes
estão à minha volta.

60

Ó vós, gelos todos em brasa!
Ó sóis a pino da minha ventura solitária!

62

«vai pra o inferno quem anda os teus caminhos!» —
Pois bem? pra o meu inferno
quero calcetar o caminho com boas sentenças.

66

Wer heute am besten lacht,
der lacht auch zuletzt.

67

ein müder Wanderer,
den mit hartem Gebell
ein Hund empfängt

68

Milchherz, kuhwarm

69

das sind Krebse, mit denen habe ich kein Mitgefühl,
greifst du sie, so kneipen sie;
lässt du sie, geht's rückwärts.

74

leutselig gegen Mensch und Zufall,
ein Sonnenfleck
an winterlichen Hängen

66

quem hoje rir melhor,
também será o último a rir-se.

67

um caminheiro cansado
que com rijo ladrar
um cão recebe

68

Coração de leite, quente da vaca.

69

aquilo são caranguejos, com eles não tenho compaixão;
se os agarras, beliscam;
se os deixas, andam às arrecuas.

74

afável co'as pessoas e o acaso,
uma mancha de Sol
em encostas de Inverno

75

ein Blitz wurde meine Weisheit;
mit diamantenem Schwerte durchhieb sie mir jede Finsternis

76

rate, Rätselfreund,
wo weilt jetzt meine Tugend?
sie lief mir davon,
sie fürchtete die Arglist
meiner Angeln und Netze

77

mein Glück macht ihnen wehe:
diesen Neidbolden wird mein Glück zum Schatten;
sie frösteln bei sich: blicken grün dazu…

78

einsame Tage,
ihr wollt auf tapferen Füßen gehen!

79

und nur wenn ich mir selbst zur Last bin,
fallt *ihr* mir schwer

75

um relâmpago fez-se a minha sabedoria;
com espada diamantina cortou-me toda a escuridão.

76

adivinha, amigo-de-adivinhas,
onde é que pára a minha virtude?
fugiu-me,
teve medo da astúcia
dos meus anzóis e redes

77

a minha ventura faz-lhes doer:
pra estes invejosos é sombra a minha ventura;
têm calafrios dentro de si: e olham verde...

78

Dias solitários,
quereis caminhar em pés valorosos!

79

e só quando pra mim mesmo sou um fardo,
vós me sois pesados!

80

unbequemlich
Wie jede Tugend

81

ein Gefangner, der das härteste Los zog:
gebückt arbeiten,
im dumpfen, dunklen Schachte arbeiten:
ein Gelehrter...

83

noch rauscht die Wetterwolke:
aber schon hängt
glitzernd still schwer —
Zarathustra's Reichtum über die Felder hin.

84

dies allein erlöst von allem Leiden —
wähle nun:
der schnelle Tod
oder die lange Liebe.

80

incómodo
como toda a virtude!

81

um prisioneiro a quem calhou a sorte mais dura:
trabalhar curvado,
trabalhar na mina escura e abafada:
um sábio...

83

ainda marulha a nuvem de trovoada:
mas já pende
brilhante calma pesada —
a riqueza de Zaratustra por sobre os campos.

84

só isto redime de toda a dor —
escolhe pois:
a morte rápida
ou o longo amor.

85

nach neuen Schätzen wühlen wir,
wir neuen Unterirdischen: («Unersättlichen»)
gottlos schien es den alten einst,
nach Schätzen aufzustören der Erde Eingeweide;
von Neuem gibt es solche Gottlosigkeit:
hört ihr nicht aller Tiefen Bauchgrimmen-Gepolter?

86

du wirst absurd,
du wirst tugendhaft

87

die heilige Krankheit,
der Glaube

89

sie haben ihren Gott aus Nichts geschaffen:
was Wunder: nun wars er ihnen zu nichte —

90

ein Gelehrter *alter* Dinge
ein Totengräber-Handwerk,
ein Leben zwischen Särgen und Sägespähnen

85

cavamos em busca de tesoiros novos,
nós mineiros novos: («insatisfeitos»)
ímpio parecia outrora aos antigos
revolver por tesoiros as entranhas da Terra;
de novo há tal impiedade:
não ouvis o estrondo das dores de barriga de todas as profundas?

86

estás a tornar-te absurdo,
estás a tornar-te virtuoso

87

a sacra moléstia
a fé

89

Do nada criaram o seu Deus:
que admira que em nada se lhes tenha tornado? —

90

um sábio de coisas *velhas*
um ofício de coveiro,
uma vida entre caixões e serraduras

91

übereilig
gleich springenden Spinnenaffen

92

da stehn sie da,
die schweren granitnen Katzen,
die Werte aus Urzeiten:
wehe! Wie willst du *die* umwerfen?

94

fleißig, traulich:
goldhell kommt mir jeden Tag
und gleich herauf.

95

voll tiefen Misstrauens,
überwachsen vom Moose,
einsam,
langen Willens,
allem Lüsternen fremd,
ein Schweigsamer

91

precipitados
como macacos-aranhas aos saltos

92

lá estão eles ali,
os pesados gatos graníticos,
os valores dos tempos primeiros:
ai! como é que *os* vais tu derrubar?

94

diligente, tranquilo:
claro de ouro me vem cada dia
e logo lá de baixo.

95

cheio de funda desconfiança,
recoberto de musgo,
solitário,
de longa vontade,
alheio a tudo o que é lúbrico,
um taciturno.

96

er kauert, er lauert:
er kann schon nicht mehr aufrecht stehn.
Er verwuchs mit seinem Grabe,
dieser verwachsene Geist:
wie könnte er jemals *auferstehn*?

99

Kratzkatzen,
mit gebundenen Pfoten,
da sitzen sie
und blicken Gift.

101

Papier-Schmeißfliege
Eintags-Leser

102

ein Wolf selbst zeugte für mich
und sprach: «du heulst besser noch als wir Wölfe»

103

Schwärzres und Schlimmres schautest du als irgend ein Seher:
Durch die Wollust der Hölle ist noch kein Weiser gegangen.

96

agachado, à espreita:
já incapaz de se manter em pé.
Concresceu co'a sepultura,
este espírito aleijado:
como podia ele jamais *ressuscitar*?

99

Gatos que arranham,
de patas entrapadas,
ei-los aí estão
com veneno nos olhos.

101

Varejeira-do-papel
leitor-de-um-dia

102

mesmo um lobo depôs por mim
e disse: «tu uivas inda melhor que os lobos»

103

Coisas mais negras e mais ruins viste tu do que qualquer vidente:
inda nenhum sábio passou pela volúpia do inferno.

104

Neue Nächte hülltest du um dich,
neue Wüsten erfand dein Löwenfuß

105

an dieser steinernen Schönheit
kühlt sich mein heißes Herz

106

von einem neuen Glücke
gefoltert

107

weit hinaus, in das Meer der Zukunft
werfe ich über mein Haupt die Angel

108

Grabe, Wurm!

109

ich bin einer, dem man Schwüre schwört:
schwört mir dies!

104

em noites novas te envolveste,
novos desertos inventou o teu pé de leão

105

ao contacto desta beleza de pedra
se refresca o meu coração ardente

106

por uma nova ventura
torturado

107

lá para o largo, para o mar do futuro
lanço por sobre a cabeça o anzol

108

Cava, verme!

109

eu sou um a quem se fazem juras:
jurai-me isto!

110

nicht, dass du den Götzen umwarfst:
dass du den Götzendiener in dir umwarfst,
das war dein Mut

111

mein Jenseits-Glück!
was heut mir Glück ist,
wirft Schatten in seinem Lichte

112

schuld sein mit der größten Schuld,
— und alle Tugenden sollen noch
Vor meiner Schuld auf den Knien liegen —

113

täuschen —
das ist im Kriege Alles.
Die Haut des Fuchses:
Sie ist mein heimliches Panzerhemd

114

Ruhm
Nicht zu früh erkannt:
Einer, der seinen Ruf *aufgespart* hat

110

não o teres derrubado o ídolo:
o teres derrubado dentro de ti o servidor do ídolo,
isso é que foi a tua coragem

111

minha ventura-de-além!
o que hoje me é ventura
lança sombra à sua luz

112

ser culpado da máxima culpa,
— e todas as virtudes hão-de ainda
pôr-se de joelhos diante da minha culpa —

113

enganar —
isto é na guerra tudo.
A pele da raposa:
eis a minha secreta cota de malha

114

Fama
não reconhecida demasiado cedo:
alguém que *amealhou* o seu renome

115

ist für solchen Ehrgeiz
diese Erde nicht zu Klein?

116

ist List besser als Gewalt?

117

Alles gab ich weg
all mein Hab und Gut
nichts bleibt mir mehr zurück
als du, große Hoffnung

118

«man siegt in Nichts ohne Zorn»

119

wo Gefahr ist,
da bin ich dabei,
da wachse ich aus der Erde

115

não é pra tal ambição
a Terra pequena de mais?

116

a manha é melhor que a força?

117

Tudo dei
todos os meus teres e haveres:
nada mais me resta
além de ti, grande Esperança!

118

«em nada se vence sem cólera»

119

onde haja perigo,
aí estou eu,
aí cresço eu da Terra

121

die große Stunde kommt,
die Gefahr der Gefahren:
meine Seele wird still…

123

nicht an seinen Sünden und großen Torheiten:
an seiner Vollkommenheit litt ich, als ich
am meisten am Menschen litt

124

Trümmer von Sternen:
aus diesen Trümmern bilde ich meine Welt

125

An diesem Gedanken
ziehe ich alle Zukunft

126

was geschieht? fällt das Meer?
Nein, mein Land wächst!
eine neue Glut hebt es empor!

121

eis vem a grande hora,
o perigo dos perigos:
a minha alma acalma-se...

123

não pelos seus pecados e grandes loucuras:
pela sua perfeição foi que eu sofri,
quando pelo homem mais sofri

124

Destroços de estrelas:
destes destroços construo o meu mundo.

125

por este pensamento
puxo todo o futuro

126

o que se passa? cai o mar?
Não, a minha terra cresce!
Um novo fogo a levanta!

127

ein Gedanke,
jetzt noch heiß-flüssig, Lava:
aber jede Lava baut
um sich selbst eine Burg,
jeder Gedanke erdrückt
sich zuletzt mit «Gesetzen»

129

damit begann ich:
ich verlernte das Mitgefühl mit *mir*!

130

eure falsche Liebe
zum Vergangnen,
eine Totengräberliebe —
sie ist ein Raub am Leben
ihr stehlt sie der Zukunft ab —

131

den schlimmsten Einwand
ich verbarg ihn euch — das Leben wird langweilig:
werft es weg, damit es euch wieder schmackhaft wird!

127

um pensamento,
agora ainda a fluir ardente, lava:
mas toda a lava levanta
à sua volta um castelo,
todo o pensamento se sufoca
por fim com «leis»

129

foi assim que comecei:
desaprendi a compaixão por *mim*!

130

O vosso falso amor
ao passado,
um amor de coveiro —
é um roubo à vida,
roubai-lo ao futuro —

131

a pior objecção
escondi-vo-la — a vida torna-se fastienta:
lançai-a fora, para que de novo vos saiba!

132

diese heitere Tiefe!
Was Stern sonst hieß,
zum Flecken wurde es.

133

dieses höchste Hindernis,
diesen Gedanken der Gedanken,
wer schuf ihn sich!
Das Leben selber schuf sich
Sein höchstes Hindernis:
über seine Gedanken selber springt es nunmehr hinweg

134

Schwärmer und Dämmerlinge,
und was Alles
zwischen Abend und Nacht
kreucht, fleugt und auf lahmen Beinen steht.

135

sie kauen Kiesel,
sie liegen auf dem Bauche
vor kleinen runden Sachen;
sie beten Alles an, was nicht umfällt —
Diese letzten Gottesdiener!
Gläubigen!

132

esta calma fundura!
o que outrora foi estrela,
fez-se agora mancha.

133

este obstáculo máximo,
este pensamento dos pensamentos,
quem foi que o criou em si!
A própria vida criou em si
o seu obstáculo máximo:
sobre o seu próprio pensamento salta ela agora

134

Visionários crepusculares
e tudo o que
entre tarde e noite
rasteja, voa e se ergue em pernas coxas.

135

mastigam seixos,
jazem sobre o ventre
diante de pequenas coisas redondas;
adoram tudo o que não tomba —
estes últimos servos de Deus!
Crentes!

137

heimlich verbrannt,
nicht für seinen Glauben,
vielmehr dass er zu keinem Glauben
den Mut mehr fand

138

was um euch wohnt,
das wohnt sich bald euch ein:
wo lang du sitzest,
da wachsen Sitten.

139

trockene Flussbetten,
ausgedorrte sandige Seelen

140

hartnäckige Geister,
fein, kleinlich

141

ihre Kälte
macht meine Erinnrung erstarren?
Habe ich je dies Herz
an mir glühn und klopfen gefühlt?…

137

queimado em segredo,
não pela sua fé,
antes por não achar
já coragem para qualquer fé

138

o que à vossa volta habita,
breve em vós se habitua:
onde estás muito tempo,
lá crescem os costumes.

139

leitos secos de rios,
almas arenosas ressequidas

140

Espíritos teimosos,
finos, mesquinhos

141

a sua frieza
faz-me gelar a alma?
Senti eu jamais
o coração arder e bater?...

142

(Nachts, bestirnter Himmel)
Oh dieser totenstille Lärm!

143

auf breiter langsamer Treppe
zu seinem Glück steigen

144

von irdischen Lichtern, vom Widerschein fremden Glücks
aschgrau angestrahlt,
eine Mond- und Nachtschleiche

146

in den zwölf Sternen meiner Tugend: sie hat alle Jahreszeiten

148

man bleibt nur gut, wenn man vergisst
Kinder, die für Strafen und Rügen ein Gedächtnis haben,
werden tückisch, heimlich —

142

(À noite, céu estrelado)
oh, este tumulto de silêncio morto!

143

por escada larga vagarosa
subir para a sua ventura

144

de luzes terrenas, do reflexo de ventura alheia
alumiada de luz cinzenta,
uma anguinha da Lua e da noite

146

nas doze estrelas da minha virtude: ela tem todas a estações do ano

148

só se continua bom quando se esquece.
Crianças que têm memória pra castigos e ralhos
fazem-se manhosas, dissimuladas —

149

Die Morgenröte
mit frecher Unschuld
sah's und verschwand.
Sturmwolken kamen hinter ihr.

150

unruhig, wie Pferde:
schwankt nicht unser eigner Schatten
auf und nieder?
man soll uns in die Sonne führen,
gegen die Sonne —

151

Wahrheiten für unsere Füße
Wahrheiten, nach denen sich tanzen lässt

152

Schreckgespenster,
tragische Fratzen,
moralische Gurgeltöne

149

A madrugada
com insolente inocência
viu e desapareceu.
Nuvens de tempestade seguiram-na.

150

inquieta, como os cavalos:
não balança a nossa própria sombra
pra cima e pra baixo?
que nos levem direitos ao Sol,
contra o Sol —

151

Verdades para os nossos pés,
Verdades, a cuja música se possa dançar

152

Fantasmas terríficos.
Caretas trágicas,
sons guturais, morais

154

seid ihr Weiber,
dass ihr an dem, was ihr liebt,
leiden wollt?

155

Den Faultieren ins Ohr gesagt:
«wer nichts zu schaffen hat,
dem macht ein Nichts zu schaffen»

156

Wenn den Einsamen
die große Furcht anfällt,
wenn er läuft und läuft
und weiß selber nicht wohin?
wenn Stürme hinter ihm brüllen,
wenn der Blitz gegen ihn zeugt,
wenn seine Höhle mit Gespenstern
ihn fürchten macht —

157

ich bin nur ein Worte-macher:
was liegt an Worten!
was liegt an mir!

154

Sois acaso mulheres,
pra quererdes sofrer
por aquilo que amais?

155

Segredado ao ouvido das preguiças:
«quem nada tem que fazer,
um nada lhe dá que fazer.»

156

Quando o solitário
é assaltado do grande medo,
quando desata a correr
e nem ele mesmo sabe pra onde?
quando atrás dele bramam tempestades,
quando o relâmpago dá contra ele testemunho,
quando o seu inferno com fantasmas
lhe mete medo —

157

eu sou só um fazedor de palavas:
que importam palavras!
que importo eu!

158

zu bald schon
lache ich wieder:
ein Feind hat
wenig bei mir gutzumachen

159

Bei bedecktem Himmel,
wenn man Pfeile
und tötende Gedanken
nach seinem Feinde schießt

160

verirrten Glockenschlägen gleich
im Walde

161

den Tapferen, den Frohgemuten,
den Enthaltsamen
singe ich dies Lied

162

Kriegslieder der Seele
Der Siegreiche
Aus der Siebenten Einsamkeit

158

breve de mais
rio eu de novo:
um inimigo pouco
tem que reparar em mim

159

Com céu encoberto,
quando se atiram setas
e pensamentos mortíferos
ao inimigo

160

semelhante a badaladas perdidas
no bosque

161

aos valentes, aos joviais,
aos abstinentes,
canto esta canção.

162

Canções de Guerra da Alma
O Vitorioso
Da Sétima Solidão

163

Lieder
Zarathustras
Der Weg zur Grösse

164

Das Grab Gottes

165

Die Lieder
Zarathustras.

Erster Teil:
Der Weg der Grösse
Von
Friedrich Nietzsche.

166

Die Lieder Zarathustras.

Erster Teil:
von der Armut der Reichsten
Von
Friedrich Nietzsche.

163

O Caminho para a Grandeza
Canções de
Zaratustra

164

O Túmulo de Deus

165

As Canções de
Zaratustra.

Primeira Parte:
O Caminho da Grandeza
Por
Friedrich Nietzsche.

166

As Canções de Zaratustra.

Primeira Parte:
Da Pobreza do Mais Rico
Por
Friedrich Nietzsche.

167

Die ewige Wiederkunft.
Zarathustra's
Tänze und Festzüge.
Von
Friedrich Nietzsche

168

Die Lieder
Zaratustra's

Erster Teil:
Der Weg zur Grösse

167

O Eterno Retorno
Danças e Cortejos
de Zaratustra.
Por
Friedrich Nietzsche

168

As Canções de
Zaratustra

Primeira Parte:
O Caminho para a Grandeza

DER NEUE COLUMBUS

Freundin! — sprach Columbus — traue
keinem Genueser mehr!
Immer starrt er in das Blaue —
Fernstes lockt ihn allzusehr!

Fremdestes ist nun mir teuer!
Genua, das sank, das schwand —
Herz, bleib kalt! Hand, halt das Steuer!
Vor mir Meer — und Land? — und Land? — —

Stehen fest wir auf den Füßen!
Nimmer können wir zurück!
Schaun hinaus: von fernher grüßen
Uns *Ein* Tod, *Ein* Ruhm, *Ein* Glück!

O NOVO COLOMBO

Amiga! — disse Colombo — não confies
nunca mais num genovês!
Sempre de olhar cravado no azul —
o mais longínquo atrai-o por de mais!

O mais estranho é que se me fez querido!
Génova — afundou-se, sumiu-se!
Coração, fica frio! Mão, segura o leme!
Ante mim o mar — e a terra? — e a terra? — —

Seguremo-nos bem firmes nos pés!
Não podemos voltar atrás!
Olha pra o longe: de longe acenam
uma morte, *uma* glória, *uma* ventura!

GLÜCK, O GLÜCK…

Glück, o Glück, du schönste Beute,
immer nah, nie nah genung,
immer morgen, nur nicht heute, —
ist dein Jäger dir zu jung?
Bist du wirklich Pfad der Sünde,

aller Sünden
lieblichste Versündigung

VENTURA, Ó VENTURA …

Ventura, ó ventura, a mais bela das presas!
Sempre perto, nunca perto bastante,
sempre amanhã, nunca hoje —
é o teu caçador jovem de mais?
És tu realmente o caminho do pecado,

de todos os pecados
o mais doce pecado?

DER HALKYONIER

So sprach ein Weib voll Schüchternheit
Zu mir im Morgenschein:
«Bist schon du selig vor Nüchternheit
Wie selig wirst du — trunken sein!»

O HALCIÓNIO

Toda tímida, assim me falou
Uma mulher ao alvorecer:
«Se ditoso já és de sobriedade,
Quanto o serias — depois de beber!»

ÍNDICE

FRAGMENTOS DE DITIRAMBOS DIONISÍACOS (346)
(Canções de Zaratustra)

(*Só se especificam os fragmentos com título*):

OUTROS POEMAS

POEMAS EM PROSA (354)

(Cinco Canções de Zaratustra)

NOTAS

TRADUÇÕES INÉDITAS